熊　焱

1980年生，贵州瓮安人。著有诗集《爱无尽》《闪电的回音》、长篇小说《白水谣》《血路》。现居成都。

熊 焱

著

时间终于让我明白

黄河出版传媒集团

阳光出版社

图书在版编目（CIP）数据

时间终于让我明白 / 熊焱著. -- 银川：阳光出版社，
2020.9
（阳光文库. 8090后诗系）
ISBN 978-7-5525-5549-3

Ⅰ.①时… Ⅱ.①熊… Ⅲ.①诗集－中国－当代
Ⅳ.①I227

中国版本图书馆CIP数据核字(2020)第183716号

阳光文库·8090后诗系　　　　　　　　　　谭五昌　主编
时间终于让我明白　　　　　　　　　　　　熊　焱　著

责任编辑　李媛媛
封面供图　海　男
装帧设计　晨　皓
责任印制　岳建宁

黄河出版传媒集团
阳 光 出 版 社　出版发行

出 版 人　薛文斌
地　　址　宁夏银川市北京东路139号出版大厦（750001）
网　　址　http://www.ygchbs.com
网上书店　http://shop129132959.taobao.com
电子信箱　yangguangchubanshe@163.com
邮购电话　0951-5014139
经　　销　全国新华书店
印刷装订　宁夏凤鸣彩印广告有限公司
印刷委托书号　（宁）0018801

开　　本　889 mm×1194 mm　1/32
印　　张　7.375
字　　数　100千字
版　　次　2020年9月第1版
印　　次　2020年12月第1次印刷
书　　号　ISBN 978-7-5525-5549-3
定　　价　29.80元

编选说明

谭五昌

在中国当代诗歌发展史上，后起诗人群体的流派与文学史命名一直是一个饶有趣味的诗歌现象。自"朦胧诗群体"的流派命名在诗坛获得约定俗成的认可与流布以来，"第三代诗人"、"后朦胧诗群体"、"知识分子诗人"、"民间诗人"、"60后诗人"（也经常被称为"中间代诗人"）、"70后诗人"、"80后诗人"、"90后诗人"等诗歌群体的流派与代际命名，便陆续出现在人们的视野中。如果我们稍微探究一下，不难发现，在这些诗歌流派与代际命名的背后，体现出后起诗人试图摆脱前辈诗人"影响的焦虑"心态，又在更大程度上，体现了他们进入文学史的愿望。这反映出一个极为明显的事实：崛起于每一个历史时期的诗人群体往往会进行代际意义上的自我命名。20世纪80年代中期，以"朦胧诗群体"为假想敌的"第三代诗人"开创了当代诗人群体进行自我代际命名的先河，流风所及，则是21世纪初期70后诗人、80后诗人等青年诗人群体自我代际命名的仿效行为。90后诗人则是在进入21世纪诗歌的第二个十年后对于80后诗人这一代际命名的合乎逻辑的自然延续。

当下，这种以十年为一个独立时间单位所进行的诗歌群体代际命名现象，在诗坛上引起了激烈的争论与内在分歧。从诗学批评或学理层面来看，这种参照社会学概念，并以十年为一个断代的诗歌代际命名方法的确经不起推敲，因为这种做法的一个明显后果便是对当代诗歌史（文学史）研究与叙述的高度简化、武断与主观化。因而，我们对于当代诗歌群体的代际命名问题，应该持严谨的态度。不过，文学史层面的群体、流派与代际命名问题非常复杂，没有行之有效的科学命名方法，也很难达成共识。这足以说明文学史命名的艰难。更为常见的情况是，一个诗歌流派或诗人代际的命名（无论出自诗人之口还是批评家之口），往往是一种策略性的、权宜之计的命名，从中体现出命名的无奈性。如果遵循这种思路，我们便会发现，60后诗人、70后诗人、80后诗人、90后诗人这种诗歌代际命名，也存在其某种意义上的合理性。因为就整体而言，他们的诗歌创作传达出了不同的审美文化代际经验。简单说来，60后诗人骨子里对于宏大叙事与历史意识存在潜意识的集体认同，他们传达的是一种整体主义的审美文化经验。70后诗人则以叛逆、激进的写作姿态试图打破意识形态的束缚（最典型的是"下半身写作"现象），他们在历史认同与个体自由之间剧烈挣扎，极端混杂、矛盾的审美经验使得这一代诗人的写作处于某种过渡状态（当然，其中的少数佼佼者很好地实现了自己的文学抱负）。而80后诗人兴起于21世纪初的文化语境之中，他们这一代的写作则是建立在70后诗人扫除历史障碍的基础上，80后诗人的写作立场真正做到了个人化，他们在文本中可以自由展示自己的个性，没有任何历史包袱，能够在语言、形式与经验领域呈现自己的审美个性，给新世纪的中国新诗提供了充满生机的鲜活经验。继之而起的90后诗人继承了80后诗人历史的个人化的核心审美原则，并在语言形式与情感内容层面，表现出理论上更为自由、开放的可能性。

目前，80后诗人、90后诗人是新世纪中国新诗最为新锐的创作力量，而且这两拨诗人在诗学理念与审美风格上存在较多的交集（简单说来，90后诗人与80后诗人相比最为鲜明的一个特点是：90 后诗人的思想观念更为开放与多元，他们的写作受到新媒体的影响要更为深刻一些）。因而，从客观角度而言，80 后诗人、90 后诗人的诗歌写作颇具文学史价值与意义。

因此，阳光出版社推出《阳光文库·8090 后诗系》，体现了阳光出版社超前的文学史眼光与出版魄力，令人无比钦佩，其价值与意义不言而喻。

2020 年 6 月 25 日（端午节）凌晨 写于北京京师园

目 录

第一辑　当爱来到身边

父亲 ／003

母亲坐在阳台上 ／005

我错过了那些爱 ／007

当爱来到身边

——致妻 ／009

致女儿（1） ／010

致女儿（2） ／011

致女儿（3） ／013

母亲的样子 ／014

长眠之地 ／016

母亲 ／018

冬天的气息 ／020

父亲的梦境 ／021

一支金光闪闪的钢笔　/ 023

记一次医院的告别　/ 025

北风正在喊我回家　/ 027

屋顶上的积雪开始融化了　/ 028

因为我们一次次写下母亲　/ 030

夜读　/ 032

质询　/ 033

夜晚的告别　/ 034

我是如此迫切　/ 036

最优秀的诗篇　/ 038

原来死去的亲人从未走远　/ 040

当天使就要来到人间　/ 041

父亲的黄昏　/ 043

高速公路经过村庄　/ 045

身后的托付　/ 046

给妈妈的信　/ 048

第二辑　这一生我将历尽喧嚣

我记得某些瞬间　/ 053

故乡　/ 054

白霜 / 055

一觉惊醒 / 057

两只手表 / 058

从夜晚的疼痛中醒来 / 060

时间终于让我明白 / 062

岁月颂 / 064

这一生我将历尽喧嚣 / 070

午后登高 / 072

故乡的群山 / 074

我们来自哪里 / 076

我的人生即将进入中年 / 077

墓地 / 079

远行 / 081

渡口 / 083

一生 / 085

故乡正大雪 / 086

二月 / 087

不锈钢车间手记 / 088

死亡之梦 / 089

回答 / 090

屠夫 / 091

动物园 / 092

饮酒 / 094

长江在这里汇入大海 / 096

穷途 / 097

第三辑　夜航

夜晚的羞愧 / 101

夜航 / 102

返乡

——致博尔赫斯 / 103

傍晚经过你的城市 / 105

是他们扶住了我 / 107

文字的命运正穿过人世 / 108

我一直在等一封远方的书信 / 110

图书馆 / 112

写作的终极理想

——读《通天塔图书馆》有感 / 114

当我成为诗人 / 115

写作 / 117

致读者 / 118

耳鸣 / 119

从都匀开车到成都 / 120

镜子 / 122

垂钓 / 123

一生中要做多少梦 / 125

最后的信 / 127

遇见 / 129

手艺

——观一次泥碗的拉胚制作 / 131

在尘世的热闹中写诗 / 132

写史与虚构 / 133

漫长的差旅 / 134

2006 / 136

比邻而居 / 138

旧址将逝 / 140

第四辑　一个人穿行在人间

天空 / 145

一个人穿行在人间 / 147

我一次次看见大海 ／148

瀑布 ／150

油菜花 ／151

茶卡盐湖 ／152

草堂谒杜甫 ／153

平江谒杜甫墓 ／155

塘里 ／157

五峰听雨 ／158

在青莲镇，兼怀李白 ／160

出生地 ／161

傍晚，登锦绣天府塔 ／162

高家堡古镇 ／164

望乡台 ／165

城市夜行人 ／167

夜宿陵水 ／168

在月亮峡饮酒 ／170

我从远方来到田庐 ／172

简白的瞬息 ／174

磁器口 ／175

初遇零关道 ／177

雷家大院的傍晚　/ 179

华龙码头的黄昏　/ 180

朝门院子　/ 182

甘州八声：正午的民乐　/ 184

甘州八声：扁都口　/ 186

凉州词：天堂寺　/ 188

凉州词：在天祝的途中　/ 190

清平乐：祁连山下的田庄　/ 192

清平乐：祁连山上的雪　/ 194

夜晚的旅程　/ 196

附录

"病痛"体验与"离散"书写

　　——"80后"诗人熊焱诗歌论　/ 198

第一辑 | 当爱来到身边

父 亲

你第一次做父亲的时候才二十二岁

而我二十二岁的时候还单身，正暗恋着一个安静的

美人

我当上父亲的时候已经三十四岁

而你三十四岁的时候，正养育着四个孩子

我在成长中，曾一次次地与你争执

一次次地，把你当成了毕生的假想敌

直至今日，我都还欠你一个道歉

这些年我翻遍了育儿经，努力地

学着做一个好父亲。这时我才读懂了

有一本书，唯有时间才能翻阅

我的孩子第一次喊我时，我记得

那世界融化的情景

我相信，我第一次喊你的时候

世界的朽木正在逢春

今年春节我们推杯换盏，大口大口地饮着

恍若朋友，恍若兄弟

醉了，就要醉了

可我们之间汹涌的爱，却从未提及

你头上已霜雪尽染，我鬓边正华发渐深

岁月的刻刀一寸寸地深入的这个词，叫父亲

中间系着漫长的血缘和生命

今天是父亲节，我和我的孩子相互表达了爱意

我给你打电话，你已关机

我知道终会有那一天，我喊你时你不再回应

正如终有那一天，我的孩子喊我时我也不再回应

我们成为父亲，全都用尽了生死

母亲坐在阳台上

她坐在阳台上，那么小
那么慈祥。一张沧桑的脸
有着夕阳落山的静谧

磨损了一辈子，她的腿已经瘸了
背已经佝偻了，头上开满深秋的芦花
生命的暮晚挂满霜冻的黄叶

当她出神地望着窗外，院子里那些娇美的少女
一定有一个，是她年轻时的姐妹
一定有一阵暖风，葱郁过她的青春

好几次，我都是连喊了几声
她才迟缓地回过神——
这一条大河的末段啊，是不是需要
更多的泥沙和泪水，才能溅起苍老的回声
是不是要在狭窄的入海口，放缓它的奔腾

我是多么爱她！我年近古稀的母亲

我已与她在人间共处了三十多年

而我愧疚于我漫长的失忆

愧疚于我总是记不起她年轻时的容颜

每一次想她，每一次我都只是想起

她坐在阳台上，那么小

那么慈祥。一张沧桑的脸

有着夕阳落山的静谧

我错过了那些爱

母亲生我的时候已经三十六岁

成熟的风韵宛若九月沉甸甸的稻谷

并在生活逼仄的催促中，迎向冬天的早雪

我爱她

但却错过了她青春的韶华

妻子认识我的时候已经二十二岁

窈窕的青春仿佛姹紫嫣红的三月

满世界都是阳光的水银和纯金的鸟鸣

我爱她

但却错过了她玲珑的童年

年过三旬，我在秋天的黄昏等来女儿的降生

她多小啊，一粒白嫩嫩的芽孢

将在岁月的风雨中拔节，结出她十岁的骨朵

开出她十八岁水灵灵的鲜花

我爱她

生命终将在最后放手——

我爱她们，这一生已足够

当爱来到身边

——致妻

夜里回来时，女儿正趴在书桌前画画

双手是花的，仿佛潮湿的颜料

涂抹她五颜六色的梦境

你坐在沙发上看书，偶尔会抬头看一看女儿

窗外飘进一阵桂香，有点类似于

当年我们相恋时，第一次深情的长吻

我坐下来，你羞怯地告诉我，你怀孕了

刚好一轮明月爬上屋顶，月光落进客厅

就像全世界的爱，穿过了茫茫银河

寂静地来到我们的身边

致女儿（1）

我们初见时，是在医院的产房外

你闭着眼，在全世界的摇篮中沉睡

天空俯下身子，为你压低鼻息

作为父亲，我对你的承诺

便是我在你额头上的深情一吻

致女儿（2）

你刚被推出产房，我便抱起了你

你是那么小，那么软

就像一摊泥。我害怕一失手就把你揉碎了

我那么紧张、那么小心

我抱着你，就像群山托起草木

夜空捧出明月

在你的哭声穿透的长夜

在你拍手嬉闹的晨昏

在你蹒跚走过的谷雨和秋分

我一次次地抱着你，迎着一株幼苗的抽叶和拔节

迎着一个父亲在岁月中深不可测的命运

有一次，在海拔五千米的黄龙

我抱着你，从山脚攀到峰顶

有一次，在陡峭的张家界峡谷

我抱着你，从山巅下到谷底

我酸麻的臂弯，需要一次次艰辛的跋涉
来认证一个父亲的身份

如今我们一起外出，你经常窜在前面
跑得远远的。我一次次地喊你慢点，慢点
你停下来等我，就像旭日初升的早晨
等待着姗姗迟来的黄昏。我知道
再过些时日，你将拒绝我抱起你了
而我，即使想抱你，也已渐渐地力不从心
昨天傍晚，我们从郊外回到家时
你正在车上熟睡，我抱起你
很快就手臂发沉。我欣慰于你的成长
却又悲哀于，我已活到了一个疲于奔命的年纪
仍未能理解作为父亲的真谛

致女儿（3）

每隔一段时间，我就给你测量体重、身高
一斤一斤的重量、一寸一寸的高度
总在一个父亲的心中慢慢拔节

有一次我们外出游玩，你累了
我背着你上山，你突然指着我的鬓边说：
"你这里有好多白头发，爸爸，你老了！"

是啊，岁月一直在马不停蹄地催促我
我悲哀的，不是生活对我的磨损
而是我已年岁渐老，可你却还未长大

母亲的样子

从我记事起，外婆似乎就很老了

我记得她的背很驼，弯成大地的平行线

那时我很小，无法理解驼背的含义

直到她去世，我才明白

原来，那是她为了更早地看清

一生耕耘的土地

我还记得她只要坐下来，就会打盹

有时在吃饭，有时在聊天

她也会悄然睡去。满世界的风

都在替她压低鼻息。半晌后

她猛然惊醒，便讪讪地笑

带着自责，也带着羞怯

多年后，我的母亲也像外婆那样

过早地伛偻了身子，坐下来就打盹

作为母女，她们的人生轨迹何等相似

做母亲的给了女儿血缘和生命

生活却又给了她们共同的孤独和艰辛

如今母亲还住在乡下，她已年过古稀

佝偻着身子，行动越来越迟缓

越来越无力。像极了外婆晚年的样子

那是两个母亲的样子

是两个劳苦的母亲，接力着乡村女人的命运

长眠之地

祖母去世时，母亲为她洗净身子

为她穿上一件件素雅的寿衣

然后装进棺材，在纸幡的引路下

在唢呐的呜咽中，葬入向阳的坡地

一直以来，我的乡人们都是这样

面向青山，背靠坡岭

劳碌的肉身要在死后沉入大地

要生生世世，都与土地相守在一起

后来外婆去世，按照规定进行了火化

把骨灰埋进公墓。为此母亲叹息了很久很久

奔忙一生，肉身却不能在泥土中慢慢腐朽

尤其是那些皱纹里的风暴、关节中的疼

那些伤痕中的闪电和雷霆

都不能在死后获得泥土深切的抚慰

如今母亲已风烛残年，生命的夕阳

正慢慢地滑向黑暗和寂灭

面对死亡，她早已心静如水

只是有一段时间，母亲常在河边流连

那里有几尺黄土，是她中意的长眠之地

每一次母亲离开，野花都提着翩翩起舞的裙子

流水弹响低诉的琴弦

几株翠竹在风中轻轻摇曳

仿佛是她依依不舍，在向命运道别

母 亲

她一生都在她耕耘的土地上来来回回
生在这里，死后也将葬在这里

六十七岁前，她去得最远的地方
是四十公里外的县城，次数寥寥无几
仿佛那已成为她人生的边际

她也曾向往过海涛卷雪、大漠孤烟
向往过草原的地平线连绵不绝，就像岁月通往永远
但命运只让她穿过群山间苍茫的小路
穿过布谷催耕的节气、庄稼拔节的韵律
穿过生活艰辛的重压、伤痛沉重的折磨
一行行脚印歪歪斜斜，是她煎熬着漫长的黑夜

六十七岁的秋天，她乘着火车穿过崇山峻岭
来看望我初生的女儿。她感觉走了很远很远
车窗外一闪而过的世界，仿佛一场梦境

我想带她转一转山河，走一走风景

但她已风烛残年，疾病缠身

走路一瘸一拐

她剩余的力，只是为了在最后抵达人世的另一边

冬天的气息

父亲出门了，走得很急

门缝掠进来的一阵风，像刀

在石头上磨砺。哥哥坐在窗下写作业

用"希望"造句，字迹歪歪斜斜——

"我希望爸爸挣到很多很多钱。"

虚弱的母亲眼神迷离，守着炉火熬药

沸腾的药罐里，中药的味道扑出来

就像那个冬天的气息。我用刀削一把木剑

把它当成我七岁生日的礼物，并在心里祈祷

父亲能够从外婆家借到钱。光线渐渐暗下来

我家的狗来到门外拍门，嘴里呜呜有声

我起身开门，看到窗外的雪

依旧下得那么大，那么密

父亲的梦境

六岁时，我随父亲到县城赶集

集贸市场里，人流的汪洋把我们挤散

我找不到父亲，便独自返回市场的入口

北风萧瑟，满街人影憧憧

我无助地等待，终于看到了父亲焦急的面孔

仿佛一抹光挤出黑夜的门缝

三十二年后，父亲还住在乡下

某夜梦见与我同行，转过身

却遍寻我不见。他呼喊、奔跑

梦里哭出了悲声。醒来时鸡鸣起落

霜冷如割。三十八岁的儿子

被他弄丢在了梦中

天明后，在车马喧嚣的途中

我接到父亲的来电，仿佛大河汹涌

一块巨石压住了沸腾的漩涡

他向我讲述梦境，语速缓慢，音调平静

我听到了水滴从漩涡中漏下的声响

那是隔山隔水、喊一下就牵动脉搏的心跳和疼

从电话中，父亲找到了他在梦里走失的儿子

我已三十八岁，鬓角的雪

落尽这人生漫长的足印，但留在他眼中的

仍是那个还未长大的背影

挂断电话后，我在路口伫立许久

行人熙攘，岁月匆忙

这人世深不可测，恍若一场大梦

而终有一天，我们都将会在梦中分手

一支金光闪闪的钢笔

后来，我穿过树林回到家里
月光跟在我的后面，就像一截少年的尾音

在之前，我和父亲在坡地上争吵
他训斥我，用锄头愤怒地刨土
我顶撞他，用镰刀挥砍着一丛树叶
我的母亲无法劝解我们，只能焦急地
把挖出来的土豆一个个地装进簸箕

天色已晚，夜虫们陆陆续续地拉响琴弦
我家的牯牛挣脱了缰绳，隐入树林
我冲上去追赶它，再也压不住胸口起伏的悲啼

那一年我十三岁，刚在镇上的中学念完初一
我想要父亲给我买一支金光闪闪的钢笔
他拒绝了我，还怒斥我在攀比

九月开学的时候，我意外地发现

行囊里有一支崭新的、金光闪闪的钢笔

我和父亲，都对此绝口不提

那是一种无声的誓言

在那些离乡的日子，我用那支笔

给父亲写下一封封家书

仿佛是在给他，遥寄异乡的月光和雪

再后来，那支笔不见了

就像一个梦境，已缓缓走远

如今我年近不惑，父亲则年过古稀

我们分隔两地，却不再写信

而天高地阔，一轮明月如洗

始终悬在我和父亲之间

记一次医院的告别

有一年妻子意外怀孕。那时我们还未做好

当父母的准备。在长长的纠结中

我们决定打掉孩子。我记得那天夜里

客厅里灯光昏黄，玻璃窗上有我灰暗的影子

壁镜中有妻子泪水婆娑的眼睑

夜晚漫长得就像青春远逝

第二天清晨，在赶去医院的途中

我和妻子默默无言，像是奔赴一次绝望的告别

在妻子走进 B 超室检查时，我想象着

那些母体内的胚胎涌动着生命的潮汐

而生命的形状有大有小，力量有重有轻

却又有着共同的核心和秘密

我想起 1980 年，我的父亲去做结扎手术

我的母亲正怀着我，听从了工作人员的建议

颤巍巍地走向医院引产，但最终又临阵脱逃

顶着压力把我超生到人间。我是如此幸运

每一个生命的诞生，都像是一次盛大的日出

把爱带到尘世，把光照进沸腾的人心

又像是命运赐予人世的喜悦

是生命的爱在穿越千山万水后同行

当妻子从 B 超室出来时，我坚定地告诉她

回家吧，准备着迎接一个天使的降临

她却哀声告诉我，孩子已经停止发育——

这是一种意外，却又更像是一种生命的慈悲

一个尚未成型的生命以天使的形式完成纯洁的一生

只留下我们浑浑噩噩地，代替他（她）

一直苟活于这薄情寡义的人间

北风正在喊我回家

妈妈，接到你的电话时，千里之外
故乡正在下雪，我手机里满屏都是寒风的呜咽

妈妈，我在离家之前，故乡的冬天
每年都在下雪。我记得有一年你从地里归来
大雪落白了你的双唇，落白了你的青丝
岁月的北风一遍遍地淘洗你的身体
妈妈，你头顶白雪穿过长长的黎明

我已在成都生活了二十年，妈妈
这里的冬天很少下雪。但在我三十岁那年
几粒雪落在我的鬓边，一年年地白啊
妈妈，这年岁真冷，正如我们头上的积雪
一直在逐渐加深，从不融化

妈妈，接到你的电话时，千里之外
故乡正在下雪，妈妈，雪那么大
雪那么大，北风正在喊我回家

屋顶上的积雪开始融化了

屋顶上的积雪开始融化了

檐水落下来，一滴，一滴

就像时间在流逝

而我的父母，已是风烛残年

父亲正蹲在屋檐下杀鸡

母亲正打扫着庭院

好几次我去帮他们，都被婉言拒绝

仿佛我是远来的客人，这让我无比羞愧

这一生，他们终于熬过了漫长的悲苦和贫困

但他们不肯进城，只愿坚守乡村寂静的光阴

蔬菜长在地头，鸡鸭养在栏中

猪躺在圈里，心满意足地哼哼唧唧

我是不孝的，距他们千里之远

每一次回乡，我只能无助地

看着他们白发如雪，随着夕阳一路向西

随着晚风走向泥土深处的沉寂

现在，屋顶的积雪开始融化了

檐水落下来，一滴，一滴

我的父母那么老了，仍在忙碌着活计

天空幽深，远山未融的雪

白得那么耀眼，白得大地一片静谧

因为我们一次次写下母亲

雨夜孤灯里，他向我讲述身世

语调低沉，面容平静

偶尔，他会陷入长长的停顿

正如窗外的河流走得悄无声息

他一岁半时，母亲便离开了人间

父亲终身没有续弦。父子俩相依为命的岁月

就像月光照见白雪上茫茫的寂静

他已记不起，关于母亲的任何细节

但他感到母亲的爱一直在伴随他

成为血液中的热情，成为永恒的时间

后来他写诗，在诗中一次次地写下母亲

但那不是因为怀念，而是因为爱

因为生命延续，母亲是无边无际的大地

031

我比他幸运，我的母亲还活在人世
但我们获得的母爱，都是一样的长远
在今夜，在远方的细雨和孤灯里
我们只是萍水相逢，却因为我们在诗中
一次次写下母亲，从而信任彼此
就像江河信任大海，就像世界信任母亲

夜 读

父亲往火炉中加煤，又把桌上的煤油灯

拨得再亮些。我和哥哥坐在灯下

读章回的评书，历史上夸张的演义

为忠良被陷害的命运揪心

为沙场上杀敌报国的将士鼓劲

随后父亲也坐下来，他读江湖的恩怨

读虚构的武侠中飞檐走壁的传奇

偶尔，我的目光会扫到他的脸

有时他是眉头紧蹙，有时他是面带笑意

风从窗棂掠过，呼呼直响

仿佛是在替我们把胸中的澎湃，一一喊出来

那时我还不到十岁，住在偏僻的山村

我每晚在煤油灯下读书，那些不认识的字

都是连猜带查，读得热血沸腾

读得我倍感富有，早已忘记贫困

质 询

父亲梦见我从人海中走失，从此杳无音讯
他悲伤地醒来，胸口正压着一块巨石

母亲梦见我被巨兽吞噬，她号啕大哭
被自己的哭声惊醒时，眼角正挂着泪珠

他们已垂垂老矣，饱尝人世的颠沛流离
为何连睡梦也要让他们受苦，痛得伤心欲绝

夜晚的告别

我扭头看到母亲独自站在屋檐下，落寞的样子
就像海水中孤零零的浮萍

我又倒回去。她轻轻喊我一声
微微沙哑的嗓子，是风
系了又系，那根乡愁的死结

我说不出话。北风在吹
几声犬吠在呜咽。只有我不到两岁的女儿
仍笑得身子乱颤，欢天喜地
我的母亲独自站在屋檐下，落寞的样子
就像海水中孤零零的浮萍

我默默地凝望她的脸，半晌后
又重新起程。一年中，我们只来看她一次
为何把孤独留给了她，还要远走他乡
带走她日日夜夜的惦记

母亲，人生漫长的路

为何要让我们渐行渐远

为何走到最后，却是永远道别

我的母亲独自站在屋檐下，落寞的样子

就像海水中孤零零的浮萍

我是如此迫切

如果你是女儿，我的孩子

在前世，我们就是恩爱的情侣

吟诗作赋，饮酒抚琴

三千绚烂的光阴

都是星星的钻石碰响月光的水晶

只是，只是私奔的路上

我跑快了一步

三十二年了，我将在霞光中等来你露水的脸

我的孩子，假如你是男儿

在前世，我们就是义结金兰的兄弟

八千里江湖，十万片天下

我们用好酒灌醉春天

用鲜血换取美名

只是，只是风声紧，雨点急

我转身的瞬间，就丢失了你的背影

你是背着哭声来找我的

我准备，还给你温暖的怀

还给你一场滂沱的泪雨

我准备还给你滚烫的血、善良的心

还给你腰板上那一根坚韧的骨节

我准备还给你天空庇护湖泊

还给你大地庇护粮食

哦，原谅我，原谅我

我的孩子，原谅前世我的不辞而别

只为了今生这漫长的路上

我多一分颠沛，你就少一分流离

最优秀的诗篇

再斗大的字，她也不识一箩筐

再经典的诗篇，她也不曾翻阅一卷

这一生，她从不懂得意象和节奏

更不懂得语感和结构

她只知道要在春分后播种，在秋分前抢收

在繁杂时除草，在荒芜时施肥

几十年里，她种植的一垄垄白菜、辣椒和黄瓜

比所有诗句的分行都要整齐有序

她收获的一粒粒玉米、大豆和谷子

比所有诗句的文字都要饱满圆润

三亩薄地，是她用尽一生也写不透的宣纸

在她的心中，偶尔也有小文人燕舞莺歌的柔腔

有大鸿儒指点江山的激扬

可胸中太多的话，她从不善于表达

只有一把锄头最能知晓她的诗心

只有一柄镰刀最能通达她的诗情

她以掌心的茧、肩膀上的力

把土地上的每一缕春天的绿，每一抹秋天的黄

写成了粒粒生动的象形会意，和起承转合的语法修辞

全都在字里行间奔涌出波澜壮阔的诗意

那些种子破土的声音、麦苗拔节的声音

稻子灌浆的声音、豆荚熟透时爆裂的声音

与满坡的风声、蛙鼓、虫吟，以及牛哞马嘶

一起押最动听的韵

这就是我的母亲，我们乡下的母亲

我们的穷苦的农民的母亲

她不是诗人，却写下了一个时代最优秀的诗篇

原来死去的亲人从未走远

他们从未来过成都——

可在成都的这些年里，在我清晰的梦境中

我却一次次地看见他们，看见他们小心地穿过街道

就像一抹阳光挤出云缝；看见他们安详地坐在府河边

朝我微笑的脸，就像一河流水荡漾着秋风

看见他们在黄昏点亮的灯盏，就像雨后斑斓的彩虹

——每一次醒来，我都坚定地告诉自己：这不是梦

一定是他们，千里迢迢地赶来看我了

一定是他们，抚慰着我独在异乡的忧伤与孤独

哦，这些我死去的亲人呀

天一亮，又各自回到了人群中

正如那在街头扫地的清洁工，她弯腰的背影

多像我病逝的大姑在田间锄禾的身姿

那在巷口卖菜的小贩，他称量瓜果的喜悦

多像我故去的三叔收割庄稼的甜蜜

多少次，面对夕光中相互搀扶的老两口

我都想走上去，轻轻地叫一声祖父

又轻轻地叫一声祖母

当天使就要来到人间

我知道你没有翅膀。但我相信
你就是上天派来的天使
你就是这人世留给我的最动人的光

我正一天天地掰着指头数日子
我一天天的幸福和喜悦，就像芽孢迎着雨露
就像花蕊迎着春风

我常常抚摸你母亲受孕的小腹
在那人间最温暖的花园里，你侧身、蹬腿
好奇地探寻着隧道幽深的秘密
每一次轻轻的胎动
都是闪电明亮的回音
是我和你母亲的爱，穿越了千山万水

每晚睡前我都要为你朗诵古诗
那些词语中的彩虹、句子里的鸟鸣
那些平仄和韵脚中起伏的云朵与晴空

都是迎接你的路

迎接你来到人间时啼哭的意境

这是初秋的夜晚，大约还有四十天

你就要来到人间。你的母亲斜躺在沙发上

一针一针，为你织过冬的毛衣

她脸上的安详，是一汪湖水推远了风的荡漾

在另一边的储物柜里，为你备好的衣帽、奶粉、

尿片……

也在翘盼你的到来。我们的心

是一朵跳跃的烛焰

融化的蜡，又软又烫

夜深了，我来到阳台仰望夜空

那些明朗的星辰里，一定有一颗

是你来到人间时捎来的消息

远处灯火辉煌，这纷繁的尘世

就是一场浩大的炼狱

而你的到来，唯有你的到来

将让我宽恕这世界曾经带给我的所有伤害

父亲的黄昏

他的头发又稀又白，老年斑又多又暗

密密的皱纹，那是埋人的黄土

唉，这人生已是晚景

他浑浊的眼神，就是西天最后的一抹夕光

——这是七月的黄昏，父亲与我对坐饮酒

我们互为一面镜子，我三十二岁的年华

是他年轻时蓬勃的时光

我看到他的手是颤抖的，一不小心

就会把汤沾在了嘴角，把酒洒在了衣襟

我又看到他脱落的一瓣门牙

已关不住漏风的残阳

他有些耳背，还有些反应迟钝

我必须提高声音，必须耐着性子

把我说过的话，重复一遍又一遍

很多时候，他都茫然地看着我

偶尔，才若有所悟地哦一声

浓香的酒，被我们越喝越淡

稀薄的暮色，被我们越饮越暗

父亲微微地醉了，喃喃地自叹：

时间过得真快，一眨眼就黑了

听着他低沉的声音，仿佛是另一个我在说话

我忍着泪水，为父亲的衰老而伤感

又为提早看到自己的暮年而悲哀

高速公路经过村庄

新修的高速公路经过村庄

从分岔的路口拐了三个弯

我就看到年迈的父母

正颤巍巍地站在斑驳的篱笆墙后

他们微笑着，一个劲地说——

现在高速路修好了，快得很，快得很！

是啊，真快，真快，一眨眼他们就老了

这新修的高速公路分明是时光的手

要拉着我们，看一看父母的苍老与孤独

看一看那些留守的空巢，在漫漫的夕光里

在望穿的秋水中，等不来游子们返乡的脚步

而父母脸上那些密密麻麻的皱纹

才是真正的高速公路，一直通向了最后的坟墓

沿途都是岁月的车轮呀，风驰电掣

反复地碾碎这人生奔波的劳碌

身后的托付

蟋蟀的琴匣刚刚放下。公鸡的鸣叫
就像利刃划破了晨曦的丝绸
父亲起床了。他要翻过十道斜坡
爬过八座山头。然后在茂密的树林中
伐取两株最好的杉木

整个夏天父亲都在院子里锯木、刨花
用墨斗拉出一条条笔直的黑线
宛如他单调的生活轨迹，黄土上的大风
一次次地吹拂他形容枯槁的命运

父亲光着膀子，那健壮的力
健壮的美，是森林的手臂
从他的胸膛中捧出澎湃的热情
一块一块的木料，在他纯熟的手掌下
抵达轻灵的舞蹈和飞翔
杉木清新的气息，就像舌尖上柔软的低语
呢喃了整个火热的夏天

白露过后，父亲加快了节奏

他给木料抛光、上漆，最后组合成棺木

像一艘停泊的小舟，静候着生命最终的摆渡

父亲轻轻地笑了，那如释重负的表情

仿佛是奔流的溪水泛起了浪花

是一抹曙光穿透了长夜的黎明

那一年父亲才四十一岁，是一名技术精湛的木匠

他精力充沛，身体康健

却跟每一个生活在这里的乡民一样，早早地

为自己备好了一副上等的棺材。即使生前穷困潦倒

也要在死后安顿好这一具劳碌奔波的肉身

给妈妈的信

你生下了我。在你的疼痛与贫穷中

在杨花飘过我尖尖的啼哭中

妈妈，你生下了我。以女人的苦

以超生的形式，你生下了我

妈妈，我身子的孱弱和伤病

给了你破碎的忧心、迷蒙的泪眼

我成长中跌跌撞撞的摔倒和失足

给了你丛生的皱纹、牙关咬碎后的欲说还休

你给了我脉搏的热、血液的暖

你给了我张开的臂弯、扶过来的手

妈妈，我却以我任性的脾气

给你沉默的委屈。我却以我廉价的虚荣

给你暗疤下的伤口

二十年了，我独自在异乡漂流

妈妈，我对一个个的女人说过滚烫的情话

却从来没有向你表达过温暖的问候

我不配做你的儿子呀，妈妈
你给了我生命和爱
我却只给了你白发苍苍的暮年和孤独

第二辑 | 这一生我将历尽喧嚣

CHAPTER 2

我记得某些瞬间

十六岁那年，我做了一个大手术

全麻后醒来，下午的阳光正端着颜料

涂抹着窗口的画板。树枝上的鸟儿正拉着琴弦

唱出大海激越的潮音

我欣喜地摁住心跳：多好啊，我还活着呢

多年后，我在悲伤中喝得酩酊大醉

夜半醒来，头疼若绽开的烟火

窗外的灯光仿佛胜利者不屑一顾的讥讽

大街上，疾驰的车辆掠过了呼啸

宛如漩涡中荡起的波涛

我沮丧地问自己：哎，我为什么还活着

再后来，很多年一晃就过去了

记得某些瞬间，全都隔着茫茫的生死

故 乡

雪终于在后半夜停了
正如我奔波了半生，又重返故乡
得以短暂地歇息

雪的微光映在窗上
恍若一生永不清醒的梦境

我听到父母在隔壁的说话声
内容不甚清晰。但我能感到那语气
就像风，融入漫长的寂静

我很早就起床了。世界敞开白茫茫的怀抱
天空幽蓝，群山背后汹涌着霞光
就像下一个世纪正在缓缓来临

我踩着深雪走向房头。二十米外的菜园里
埋着我的祖父和曾祖父
这通往坟墓的道路，就是在回乡

白 霜

一大早我就起床了，地上茫茫的一片白霜
我的祖母和母亲一同从菜园回来
她们白发闪烁，仿佛在昨夜
她们一直在地里劳作，冷霜凝在头上

那年我才十岁，还未理解年岁的寒冷
而立之年，我也开始鬓生华发
我才懂得，那是寒风劲吹，泪水在岁月中结晶
是我疲于奔命，生活从汗水中提纯盐粒
而夜霜依旧在落，时间的邮差一直在马不停蹄
为那些头顶白霜的人，送着死亡的请柬

如今我年届不惑，冬日回乡省亲
有一天清晨我起得很早，地上茫茫的一片白霜
我的母亲正从菜园回来，满头银发
有着刀锋的冷光，比天地间的寒霜还要清寂
比三十年前祖母的白发还要耀眼

只是那年同行的祖母，早已去了人世的远方　

身后白霜铺路，那么漫长，又那么凄凉

一觉惊醒

一觉惊醒，月正中天

梦里，我走过的路弯弯曲曲

有时翻过崇山峻岭，有时穿过大漠孤烟

有时似一叶扁舟，出没于江海的浪高风疾

经过一面镜子，里面正列队走着我的童年和少年

经过一条河流，我的青春正拐弯远去

来往的人如流云散聚，或长路相伴

或各奔东西。有时只是一次分别

却成为永诀。我从谷雨中走向大雪

从暴雨中蹚过闪电。脚步那么滑

又那么急，我一次次跌倒，终于从梦中

一觉惊醒，月正中天

我已人至中年。岁月已披衣走远

月光来过，我鬓边的白发正是它走过的足迹

潮水来过，我日益臃肿的年华正是它铺下的沙泥

我愧疚于这梦境过于喧哗

我应该独自走来，以失眠的孤独

匹配我的长夜

两只手表

六岁时，父亲在我的左腕上画了一只手表
我喜欢那圆形的表面、深蓝的墨迹
仿佛一件精美的玩具。我快活地奔跑在阳光下
跑得噼噼啪啪，那是秒针走动的声音

十七岁时，我在山外念书，父亲给我买了一只手表
我喜欢那银亮的、金属的表带
在那圆形的玻璃表面下，时间的刻度
就像春天的草尖从土层中冒出点点新绿

二十二岁时，手表坏了，我修了一次
十个月后，手表又坏了，我把它扔进了抽屉
那时已有手机，在为我提醒着时间

那以后，我不曾佩戴过手表
但那一年父亲在我左腕上画下的手表，一直在我的身上
走得马不停蹄。它以锋利的银针

　　　　穿过我眼角的鱼尾纹，抵达鬓边凌乱的霜痕

原来，在父亲为我画下的那只手表里

我一直奔走于墨迹深蓝的指针

而它，则奔走于我风尘仆仆的生命

如今父亲年过古稀，我则岁至四旬

当年他给我购买的手表，我一直舍不得丢弃

有一天我从抽屉里翻到它，看着那圆形的、玻璃表面下

泛着新绿的指针，我惊奇地发现

它从来都不曾坏过，而是拐进了另一道幽暗的时间

而人世，则是那个时间最大的表面

人们正排着队走向远方，在那里

正是在那里，生命的分秒将会定格永恒的寂静

从夜晚的疼痛中醒来

麻药的劲过去了，我醒来

胸口巨大的疼痛，仿佛彗星撞击着地球

夏夜正深，同房的病友正在沉睡

响亮的鼾声，恍若飞驰的货车掠起摇晃的气流

院里的灯光探进来，似乎是想压一压

这猛烈的响动，又似乎是想抚一抚

我在疼痛中漫长的孤独

那天下午，我才从手术中苏醒

胸前长长的伤口，是生命的拯救与修补

在之前，我往死谷之谷走了一趟

差点用去一生的时光。五天前，就有隔壁的病友

一去没有回头。而生命的坚韧

就在于它总能在绝境中找到回来的路

傍晚，我被推回了病房

我手术中的经历，就像一场失忆的梦

我活下来了，但那时我才十六岁

命运还未告诉我苟且的理由

命运也还未给我苍白的人生留下批注

而我，也尚未想过劫后余生的真义

我只是从那个夜晚的疼痛中醒来

我想呼喊父亲。年届半百而白霜满头的父亲

为我的病痛奔波得心力交瘁的父亲

我看到他躺在地板的一张凉席上睡着了

蜷缩的身姿，宛若苦难中的孩子

我忍着泪，静静地听着窗外的风声

那么温柔，又那么安魂

我感到自己随着大地下沉，就像江河回到源头

就像那个夜晚回到创世的最初

时间终于让我明白

层层的梯田从山脚一直延伸到山顶

像岁月中无数分岔的小径

春天的油菜花捧起大地汹涌的黄金

秋天的稻谷点燃生活浩瀚的火焰

多少年我穿梭其间，延绵的群山撑高了天空

弹丸的村庄宛若低低的盆景

我总是向往着远方水天一线的大海，劈浪的桨

裹着海水的蓝丝绸翻身。更远的地方是无边的草原

疾驰的马蹄打开月光的容颜

当我在外漂泊多年，见惯了大海和草原

我在某个秋日返回故乡，蓝天拉着大海的帷幕

群山织着草原的裙子。层层梯田已有部分荒芜了

但起伏的稻浪，仍在风中翻滚着波涛

仿佛生存的手掌刨开沙砾，淘出生活沉甸甸的金子

风端着颜料，为走动的牛马

收割的乡人，调和成写意的线条

多么愧疚呀，时间终于让我明白

我的乡村有着斑斓的大美，只是作为故乡的叛逃者

我已不配接受这人间丰腴的馈赠

不配献上我廉价的爱与赞美

岁月颂

1

岁月里我有一颗起伏的心

人群中我有一张饱经沧桑的脸

我越来越热爱夕阳、暮春的落红

热爱雨水的泥泞铺满黄昏的脚步

我热爱郁郁苍苍的山坡,那隆起的曲线

是受孕的女人挺起最优美的半弧

2

我记得满坡的蛙鸣叫碎了漫天星光

篱笆外的喜鹊一声声地唤着我的乳名

我记得出村的小路曲曲弯弯,像风

解开了昼与夜交织的结。我从那里出发

与许多人结伴同行。每一个分岔的路口

总有人走散,总有人诀别

　　　　只有年龄还举着刀子，紧紧地跟在我的后面

二十岁时，我意气风发地豪饮最烈的酒
三十岁时，我穷困潦倒地咽下粗粝的风
眼看就要四旬了，我一次次地赶路仍然还像蹒跚学
步的孩子

有时渴望深夜里闷雷滚动，把我从梦中喊醒
有时渴望昨日重现，我赶在日出前扶正倾斜的黎明
当我剥开掌心的茧子，第一缕晨曦就掀开了眼角的
鱼尾纹

3

年少时我体弱多病，屡次与死亡擦肩
母亲心急如焚，躲在暗夜里啜泣
咸涩的泪水泡软了岁月的荆棘
父亲安慰她。两人就像枝与叶
偎依在一起，承接着呼啸的风鸣与闪电
如今母亲已年过古稀，一身伤病
她摸着生锈的心窝、漏风的关节

微笑着，从容地看尽了生死

而我沉默着，看着她的病痛

就像看着我生病时的女儿，心里汹涌着忧伤与焦虑

4

那时我住在乡下，抬头即见云朵

开门即见青山。林秀若黛，峰峦若聚

青山的容颜年年不改。村外河水在流

春潮温婉微漾，夏洪泥沙奔涌

乡人们苦难的时光沉积在河床，卑微的梦

像破碎的浪花流向远方

现在我生活在大城市，推窗只见鳞次高楼

抬头只见一线云天。道路在反复整修

楼宇在反复重建，奔跑／忙碌的脚步反复地往返在两点
之间

我家的小区外，沙河的水声如琴弦低诉

我夜夜枕着它的音符，却在梦里生出皱纹和悲苦

5

在最初，我哭着来到人间

在泪水中，看到亲人们迎向我的脸
又在泪水中，看到亲人们从这个世界的侧门走远

在泪水中，逐渐变粗的喉结是慢慢调试的琴弦
喊出了肺叶中滚烫的雷霆。在泪水中
我爱上的姑娘有着月光落地的寂静
我摸着生涩的心跳，尝到了初吻的咸

在泪水中，异乡长长的漂泊是一条风霜的路
磕破额头的鲜血、跌倒膝盖的淤青
都有一个煽情的名字，叫命运
而我在夏至后迎娶了妻子，在霜降后迎来了女儿
稀疏的细雪漂白了我的双鬓

多年后，我才明白泪水是结晶的梦境
我在沉睡中一次次地梦见自己与命运达成了和解
又在醒来后系紧鞋子冲在生活的最前面

6
我曾从长辈们讲述的故事中听到死亡

从一行行文字的背后触摸到生命的终结

从疾病带给我的疼痛中感受到恐惧的迷茫和战栗

——那是多么漫长的孤独啊，我的写作从那里开始

像在钢丝上起舞，在石头上磨刀

一粒粒文字穿过肉体的针孔

缝补我千疮百孔的灵魂

我知道，我的一生都会在词语中煎熬

马蹄跑碎黄昏的鼓点，是我笔尖下的心跳

曾经，我渴望我的写作能让时间变成永恒

让我的生命从文字中获得永生

而现在，我只希望它不要毁坏了我作为一个诗人的声名

7

这些年我认识的人越来越多，能够谈心的

却越来越少。有的人曾被我引为诤友

却在曲终后，看到了他卸下厚厚的脂粉和面具

有的人冲我笑脸相迎，却在背后藏着棍棒和刀剑

有的人我始终保持距离，却终究躲不过他投掷的暗器

哎，世相太繁复，只怕我毕生也看不透人心

而时间，终将会宽宥这一切

8

如今我开始享受众声喧哗中的孤独

也沉迷于万籁俱寂里的安静

我开始学习失败的坚韧，顺从命运的恭谦

——再强大的人生，在时间的面前也是不堪一击

而在草的枯荣中，在花的开谢里

我们乘飞机、坐高铁，穿过山河万里

阅过红尘万卷，这不过是在时间的列车上颠簸和辗转

最终抵达墓园，抵达永恒和寂静

这一生我将历尽喧嚣

出生的时候我是带着啼哭来的

离开的时候我也必将带着啜泣走远

这人间的声响无时不在——

车辆的疾驰、机器的轰鸣

像波涛卷着我，在漩涡中浮沉

沸腾的人声、缤纷的鸟语

像浪花的水珠，滴穿时间的磐石

大地上那么多顶着烈日劳碌的农人

那么多饮下风霜赶路的贩夫

仿佛都是我啊，接受着年岁的磨损

承载着生活的重压。三十岁那年

我突然在镜中发现了鬓边滋生出白发

那是月光落地的白，闪电破空的白

露出了人生张皇的喧嚣。是呀，岁月已迫不及待

提着鞭子催我急行了

我知道，这人世没有一刻是安宁的

连睡眠中，也会梦见瞪羚被狮子追捕的呼叫

梦见绵羊被屠刀宰杀的哀嚎

而我一生历尽喧嚣，只为百年后我归于大地

生命才会获得永恒的皈依与沉寂

午后登高

日头偏西，我已人至中年
喧嚣的人群中我走得很寂静

小时候我住在大山里，每天都要翻山越岭
我常常站在高处眺望天际，一次次幻想
我要早日走出这绵延的群山，抵达人生的金顶
抵达天空的闪电和雷霆。想到激动时
我便纵声大喊，听着山谷中传来回声
仿佛是远方对我的邀请

二十岁时我冲出了大山，闯入一马平川的都市
鳞次栉比的高楼也是一座森林，我从晨风走到晚月
从花丛穿过荆棘，只为在枝丫间找到避风的巢穴
我从二楼攀到五楼，再从五楼攀到三十楼
这悬空的生活，是大地的倒影
是奔忙的蝼蚁穿不过世界的掌心
而我从来不敢弄出很大的声响

　　　　生怕惊吓了楼下的居民和树上的鸟鸣

如今我已人至中年，在偏西的日头下

在喧嚣的人群中走得很寂静

但我无法确定，这疲于奔命的年纪

是否还能攀上人生陡峭的峰顶

我唯一能确定的，是午后的太阳不断向西

群峰将会接纳落日悲壮的沉没

正如大地将会接纳我永恒的长眠

故乡的群山

故乡的村庄坐落在群山的怀抱里

连绵的坡岭起起伏伏，仿佛一望无际的岁月

我曾随着父辈们翻山越岭，在日出和月光中生息

在刀耕火种中聆听泥土深处的潮汐

每当疲倦时，我就眺望天际

群山间深深的峡谷，像极了我的孤独

那时我幻想的远方，是一场银河的梦境

后来人们陆陆续续地离开村庄，留在这里的

是一群年迈的人、病残的人

我的父母也在其中。他们依旧翻山越岭

带回夕阳向西的晚景

带回岁月中沉默而艰辛的命运

每年我都要回到这里，从二十岁的青春

抵达鬓染霜雪的中年

村庄一年年地空寂，父辈们一年年地老去

我记不清他们的年岁了，可我又不敢询问

只有群山不老，仍在一年年地葳蕤

就是为了生生世世，埋葬我的亲人

我们来自哪里

我已四十岁，我的祖辈们都死了
我的父辈们，仅有一半还在人世

故乡的村庄不到三百年
我的先祖，一定是从远方迁徙至此
但我们，没人知晓他的来历

我为何要姓熊？我为何出生在 20 世纪？
也许这一生，命运也不会为我揭开谜底

我只是时间的一个序列
是宇宙的钟表上，秒针跳动的一个瞬息

而我的孤独那么长，就像星光洒满了银河系

我的人生即将进入中年

立秋未至，早霜却已悄悄来临

在鬓边，洒落细细的小雪

未时刚到，日影却已渐渐西斜

风提着刀子，在额头和眼角逡巡

父母年过古稀，孩子尚在幼年

生活的负债、尘世的人情

仿佛明天的台历，必须越过今晚漫长的黑夜

才能揭开那一页数字的秘密

这人生残酷的严冬正在前面

我已经三十七岁，人生即将进入中年

逐渐安于现状，平息宏阔的雄心

诸多事情已力不从心呀——

一段路要歇息几次才能走完

一杯酒要分数回才能饮尽

是每日回家后疲倦的身体告诉了我：

岁月已提前给我送来年龄的信件

我已经三十七岁，人生即将进入中年

江湖太大，我无力走得太远

万象缤纷，我只能守住一隅

很多次我从深夜醒来，经常久久不能入眠

窗外万籁俱静，兵荒马乱的内心

总是挣扎在往事的泥沼里。这种怀旧

是一种忧伤的疼，就像生活留给我伤口

命运还再往其中加盐，并推着我

挤进熙熙攘攘的人间

我已经三十七岁，人生即将进入中年

墓 地

有一年我从山外念书回来

独自走过一段长长的墓地

新月刚刚升起，盐一样的白

仿佛大海退潮，留下茫茫的细浪

而坟冢间白花花的墓碑

宛若海面上的点点船帆，为地下的人

摆渡着生前幽深的苦难

我毛骨悚然，开始小跑起来

还大声地唱着歌，为自己壮胆

山野空寂，风把我的歌声送出很远

三百米外的庄稼地，突然也传来歌声

那么空茫、辽远，仿佛海平线

向着天边绵延。我听出来了

那是人在唱，是这尘世中烟火的嗓子

应和着我，伴着我前行

我翻过那片山坳，村庄就在眼前

满地月光如水，头顶夜空明净

歌声消失了，仿佛从不曾响起

后来，很多年一晃就过去

村里通了公路，我每次开车回家

在路过那片墓地时，都要按响汽笛

坡岭空荡，三百米外的庄稼地早已一派荒凉

墓地还在那里，地下的人仍在长眠

只是时间已走远，岁月留给我的

不是记忆，而是梦境

远　行

灵堂前摆满花圈。戴孝的人

有的平静，有的哀戚

我和她经过时，告诉她

有一个人，刚刚死去

那时她才三岁，还不懂什么是死亡

我又告诉她，死亡是一次漫长的远行

后来很长的一段时间里，她谈起这个词汇

就像是在说起一场游戏或梦境，又仿佛是在说起

每个假期里我带着她去远方的旅行

有一天她突然问我：爸爸，你会死吗？

我认真地回答她：会的，每个人都会死！

我看着她的眼睛，那么明亮、纯净

就像天堂的花园。我希望人世的时间

都在那里静止

我已年近不惑，见过太多病痛的死

自杀的死、意外的死、灾难中的死……

当她慢慢成长，她也将会在人生中

经历这么多漫长的告别

今年的夏天，我带着她参加了一个亲戚的葬礼

热闹的人群中，她玩得很开心

仿佛这只是一次饯行的欢聚

在回家的路上，我牵着她的手

握得很用力。我知道终有一天

我们将会分手，在某个路口再见

身后人世辽阔，灯火通明

渡 口

晚风夕照。河岸孤舟
摆渡人不明去向，就像某些时间不知所终

一道岸在对面等我，但河水把我拦住了
它要以平静的流逝，丈量我人到中年的奔走
我的青春早已远去，人生的流水昼夜不息

我已跋涉太久——
群山和江海卸下过我的疲倦
秋风和星空擦亮过我的孤独
命运如水行舟，穿过一个个暗布漩涡的渡口

翻过河岸的关隘便是故乡
顺着河流的尽头便是天堂

苍山未老，我已鬓发如霜
这一天的夕阳已与我告别了

我仍在风尘仆仆地辗转，脚边的一株小草

正好抚慰我的苍茫

一 生

有时我在深夜读书，读着读着就走了神
仿佛是在远行中，突然拐进了
另一道虚掩的门

有时我站在窗口，看着喧嚣的长街
看着看着我就恍惚了，仿佛那些交替走过的孩童
少年和青年，是我人生中远去的梦境

有时我乘着高铁和飞机穿过茫茫岁月
在飞驰的奔波中，我疲倦得直打盹
醒来时我已穿过千山万水
抵达了杯盘狼藉的中年

而我最终从人世穿过——
只是闪电划过苍穹的一瞬

故乡正大雪

雪已下了一夜，清晨仍在簌簌地飘飞

漫天白羽，仿佛是过隙的白驹

蹄下扬着烟尘。父亲躬身在屋檐下劈柴

白发如雪，有着年岁料峭的寒冷

他已年过古稀，村里与他年龄相仿的老人

已寥寥无几。年轻人则离乡太远

有的甚至一去不回。我漂泊多年

带回故乡的，仅是双鬓的一抹积雪

而环抱村庄的群山一直站在高处

望着远去的人、归来的人

一生坚守这片土地的人

他们从清晨穿过暮晚，从青丝走到华发

是岁月的风雪在来来回回

并随着时间不断堆积，不断加深

唯有沉默的大地，才能最终将它们融解

二 月

他们奔赴在抗击疫情的第一线

就像战士慷慨激昂的出征

而我只能躲避家中，百无一用是书生

新闻里，确诊的病例不断上升

我的同胞们正在受苦，而我爱莫能助

我只能满怀羞愧，迎着光站在大地的中心

不锈钢车间手记

最初的铁仿佛是蒙昧的肉身

从烈焰中苏醒，从熔炉中

交出滚烫的激情

那耀眼的、通红的火柱，是一块铁

抱紧了烈日。并在机器的轰鸣中

找到沉静的内心。在淬火的清水中

找到坚韧的骨气。最后由一枚钢

引领着我们抵达闪闪发光的灵魂

正如伟大的生命，总是在千折百回的煅烧中

祛除杂质和锈迹。正如伟大的诗篇

总是在岁月的大浪淘沙中，捧出人类的良心

死亡之梦

我梦见过亲友死去，梦见过死去的人再次死去

梦见过自己，在夜深人静中离开人间

哦，死亡连在睡梦中也在派送着请柬

自出生起，我们就一步步地走向远方

这生命无法回头的过程，又何尝不是

一场关于死亡的梦境？

我们经历一切——

用去整整一生，在与人世道别

回 答

幼时我体弱多病，数次死里逃生

长大后，我经历过台风、疫情和地震
经历过众多死神来临的一瞬

我至今还苟活于世，并非是幸运
而是这有罪的肉身
还未救赎完我在人间的灵魂

屠 夫

多少人剖鱼时去鳞，杀鸡时取血

打蛋时劫走了还未孵化的梦

天天开荤，顿顿食肉

干煸、红烧、清蒸、黄焖、爆炒

换着口味烹，变着花样煮

即使一大把年纪了，也还在割羊鞭补肾

挖蛇胆明目。四处打听偏方

八方收罗大补

又有多少人白白净净，双手空空

却在话语里藏刀，文字里埋斧

诋毁、调侃、讥讽、斥责、诬陷

一粒粒尖锐的词语，堪比白刀子进

红刀子出。堪比飞翔的子弹

足以打穿胸口和头颅

而我是多么愧疚啊！跟他们一样

三十年来我从未杀过人、行过刑

但我却是这生活残忍的屠夫

动物园

牢笼里的狮虎豹，像温顺的小猫

一日日地，消耗着生命慵懒的孤独

围栏中的羚羊、骆驼和斑马

伸长的脖子，嚼不动饥肠的辘辘

只有假山上的猴子，为了游人们施舍的糖果

还在变着花样翻跟斗

我听到游人中发出的尖叫和欢呼

像相机的闪光

穿过动物们哀伤的瞳孔

而我们风尘仆仆，只为了满足

内心里那一份猎奇逐异的私欲

我原本提着绣像的笔

只是我已不知道

我是该画人，还是该画动物

因为我看到的动物已变成圈养的家畜

我看到的游人却在心里奔跑着豺狼和老虎

饮 酒

我第一次饮酒是在十九岁

在我第一次远走他乡的黄昏

在亲友的祝福中我一次次举杯

哦，我这哪里是饮酒啊

这分明是我从心口抽出的一缕缕别愁的丝线

是我提着这些丝线独自奔向一场前途未卜的旅程

此后岁月飘摇，杯酒已成为我奔波中的旅伴

我饮下这流年中的风和与日暖、霜冷与月寒

我饮下这时光爬上我鬓角的少年白

偶尔，我会记得那些微醺中的陶醉

但更多的时候，我已扶不起我烂醉后的泥软

这酒，有时是寡淡的

像冰冷的白水

这酒，有时是苦涩的

像我们伤悲中留下的眼泪

这酒，有时是暖心的火光

是断肠的利刃

是穷途末路中用以喘息的肩膀和胸膛

月明的夜晚，我会举杯遥敬李白——

"将进酒，杯莫停"

我在人群中的狂饮不是因为欢喜

而是我的孤单无法靠岸

我在独处时的小酌不是因为劳顿

而是我无法卸下这人间的悲欢

长江在这里汇入大海

长江在这里汇入大海

万里波涛，都是岁月在澎湃

时间顺江而流，而人生泥沙俱下

大海辽阔，一直在等待着江河

但并非每一滴长江的水珠，都能抵达大海

正如命运总会拐弯，我们也会从这尘世走散

现在我枕着海浪入睡

大海是一张床，承载着辗转反侧的重量

而我对你的爱，就像这大海

看上去风平浪静，却暗流不息

穷 途

大慈寺的围墙被拆了。推土机隆隆地开进去

惊翻了蒲团上的经书

这千年的古刹，只剩下了两座孤独的大殿

淹没于慢慢拔节的商业大楼

两公里外的顺城街，教堂的底层改成了商铺

开业的商家以热闹的歌舞

压低了牧师的讲义和塔尖上的晚钟

那些信徒的祷告，在五光十色的霓虹里

怎么听，怎么都像是低低的哀哭

多少次我从这闹市中穿过去

身边的行人宛如过江之鲫

他们掉头往回走、侧身拐弯走

翻过护栏走、闯着红灯走

成群结伴地迎着车流走……

远处有人在迎风打夯，有挖掘机在轰鸣刨土

那是工人们正在修路，一条又一条的道路啊

却没有一条通向我们心灵的家门口

而我们还在争先恐后，殊不知前方正是荒芜的坟场

正是繁华背后陡峭的穷途

第三辑 夜航

CHAPTER 3

夜晚的羞愧

夜那么长，像一道深渊

我写下一粒粒文字，是为了倾听

从里面传来回音

如果笔力没有穿透纸背，我就会感到羞愧

那是因为我的孤独还不够深

如果从长夜的井底掘出的只是泉水

而不是光明，我也会感到羞愧

因为我已不再年轻，却一再辜负良辰

夜 航

有时我从夜梦中惊醒，仿佛是远行归来

风尘灌满双腿，光影压紧肩头

路弯曲着，头顶是失重的乌云

有时在夜深处，一把刀在我胸膛磨砺

心是它的鞘。它吹毛即断

渴望饮血，以拭锋刃上的月光

有时我写作到很晚，夜一直在陪着

星辰闪耀，是我把纸上的修辞搬到了天空

灯光忽近忽远，调整着我和黑暗的间距

有时我开车穿过深夜的长街，霓虹明灭

街景一闪而逝，仿佛过隙的白驹

一眨眼就跑进了中年。愿沉睡中的人

都能在梦中获得幸福

而我只愿意与孤独同行，一起抵达天明

返 乡

——致博尔赫斯

我希望我的暮年能够活成你童年的样子

我希望我的梦能够筑巢于你图书馆的书页

我生活的国度，是你一生向往

却终未成行的地方。在这里我写下的汉字的风骨

我吟唱的汉语的余韵，我希望是你关于东方的另一个梦境

我从牙牙学语到年近中年，这时间的列车上

我不是在前行，而是在后退

退到时间以外，在迷宫中遇见你：

河流正奔腾着大海的回音

镜子正照耀着世界的背影

无数分岔的小径曲曲折折，仿佛指尖上的旋涡穿过掌心

——这就像爱，就像我关于人生的墓志铭

在失明的黑暗中，你比任何时候

把人世的面目和生命的样貌，都看得更加清晰　　

而阳光下的人群却是这个世界的瞎子

哦，熙攘的人世宛若大海，正沸腾着寡淡的人心

我希望我的写作，能够像你一样舀出海水

往灵魂中加盐，一生都在奔还精神的故里

傍晚经过你的城市

动车在经过你的城市时停下来

夕阳正衔着房顶，晚风正吹集暮云

下车的旅人如席卷的江水

同行了一段长路，一旦分散

也许就成永别

那些年我们在这里穿过霜降和谷雨

背影青春，步履蹒跚

最后一次分别时细雨如酥，天空为谁哭湿了脸

现在时针抵达了六点，秒针嘀嘀嗒嗒地奔跑中

是我们在马不停蹄地赶路

是我们颠沛的人生，有时一阵酸，有时一阵甜

我突然想下车去找你

我突然想大河倒流，时针逆行

我们又一次穿过茫茫人海，在十字街头相见

这是二月的傍晚，我经过你的城市
动车只停留了十分钟，却仿佛跑过了漫长的岁月
夕阳正衔着房顶，晚风正吹集暮云
我临窗远望，浩荡的大江正在蜿蜒穿城
一去不回，整夜整夜地为谁压抑着悲声

是他们扶住了我

悲伤时，是酒

扶住了我

奔跑时，是风

扶住了我

我有浩大的寂寞，疼会扶住我

我有绝望的落魄，爱会扶住我

是鬓边的白发扶住中年的霜降

是额头上的皱纹扶住脚茧上的花朵

而岁月总是悄无声息地伸过来一双手

把我膝盖上的伤痕细细地抚摸

这人间到处是坍塌的道路

一个个的背影走得歪歪斜斜

纷纷从良心的天平上跌落

我庆幸我还有文字，为我扶住了灵魂的秤砣

文字的命运正穿过人世

每一次远行，我都会携带书本

那些书页中跳跃的文字和作者深邃的灵魂

伴着我穿过火车或飞机的漫长旅程

很多时候，不是我搭着交通工具穿过大地和天空

而是我乘着文字，穿过另一个茫茫的银河系

我热爱书本，一如我热爱我的亲人

然而有一次，我却在动车上丢失了《耻》

很长的一段时间，我都满怀愧疚，怅然若失

仿佛书中那个被玷污的妇女

还在等待着，我去把她拉出生活的泥泞

还有一次，我在飞机上遗失了《迷宫中的将军》

战争尚未平息，年迈的将军不得不推迟

我跟随他沿着大河，走完他生命的最后历程

直到今天，我仍在担心那两本书的命运

我甚至期待着，有一天我们穿过熙熙攘攘的人海

在某个地方相遇。正如我曾经在一个旧书摊上

邂逅我的一本诗集。它孤零零地躲在边缘上

就像流浪的孩子等着我去认领

我买下来，重新翻看那些熟悉的文字

它们曾是我生命中长途跋涉的背影

而我写作，不是为了探询真理

而是为了找到诚实而滚烫的良心

我一直在等一封远方的书信

我一直在等，一直在等一封远方的书信

我一直在等一辆邮车穿过晨曦的丝绸

裹住晚霞火辣辣的热吻

我一直在等一枚信封里缄住的呼吸

写信的人在远方送上波浪般起伏的心情

我一直在等那几页薄薄的信笺

沿途为我捎来流水的歌谣和月光的梦境

想想曾经书信往来的日子，恍惚间已成隔世

我怀念方方正正的楷书，就像淬火的铁

在清水中抱紧铮铮的骨气

我怀念行书如飘飞的细雨

明月的杯盏斟满了清风的影子

我怀念狂草上的墨迹涌动着泥沙俱下的水声

我从浪花中捡起一片片闪光的鱼鳞

现在秋日正深，我鬓边的青丝

已染上了薄薄的霜迹

我手机上的短信、微信中的低语

都抱不紧鸿雁的一声脆啼

只有岁月在不停地幻变，不停地催促着人心

多快啊，这年岁又悄悄地增添了寒意

叶已落下了数秋，花已开过了几许

我还一直在等，一直在等一封远方的书信

就像这苍茫的人生，正在经历着颠沛流离

图书馆

这是风平浪静的大海

看不见的平面，与天空紧紧相连

书页翻动间，是文字的暗流正在奔泻

人至中年，我无数次从飞机上穿过茫茫云海

从火车上穿过崇山峻岭。岁月的路纵横交错

唯有在这里，一条小径领着我抵达故乡

哦，来往的人络绎不绝

我熟知的故交，正从浩渺中

提取晶莹的盐粒。我初识的新友

正站在海岛上，以一支笔钻探海底的油田

有时惊奇地发现，那在角落里羞涩独坐的人

竟然是我自己，正在用一把海水

悄悄地搓洗着灵魂

在寂静中，我听见轮渡远航的汽笛

把多少沉默的心灵，一起摆渡到天边

如果我中途落水，那一定是书页中的文字太重了

抱着我跌下去，只为在幽深处

获得大海的回音

写作的终极理想

——读《通天塔图书馆》有感

终有一天，我写下的诗篇

都将归于一句

但从阅读它的第一个字开始

它便无限延伸，永不能抵达结尾

当我成为诗人

我相信每一个字和词都是运动不息的星体

我相信字与词撞击的声与光，就是雷霆和闪电

此生，我有幸成为一个诗人

我曾写下我童年伤痛的阴影、父辈们贫困的命运

我曾写下绵长的乡愁、心灵孤独的回音

我曾写下大地上的平民命如草芥

人世间的灯火灿若繁星

在白驹过隙的岁月里，我从闭塞的山村

走过大千世界的重山覆水

从蹒跚学步中抵达中年里鬓边的霜痕

就像一颗暗淡的流星，在默默地穿过茫茫的天宇

正是我的诗篇，为我记录足迹上飞扬的灰尘

有时候，我在技巧的歧途上越走越远

在修辞的迷宫中周而复始地转圈

有时候，我快马加鞭地越过陷阱

奔向东方露白的晨曦，奔向喜马拉雅山上的

冰川和积雪，那里埋着灵魂的白银

我耗尽精力，身心俱疲

却在无休止地冒犯别人，又无原则地宽恕自己

多么惭愧呀，人们认识我

不是因为我的诗篇，而是因为我的名字

因为这一张混熟的脸

可我还是庆幸，此生能成为诗人

我想穷尽一生，去努力寻找精确的词语

为的是让我的署名从标题下消失

只留下那些分行的文字闪耀在浩渺的银河里

写 作

从黑暗中穿过去，我看不清面前的路

只感到脚步高低不平，宛如跌跌撞撞的飞行

在抵达远方之前，我必须独自穿过无尽的长夜

穿过岁月高高的深渊

——我走得疲惫而寂静

当我在远方掀开黎明的晨曦

我确信，我是一步一步走来的

可我的身后，没有路，也没有脚印

只有微微荡漾的回音

致读者

我希望我们是在风雪中相遇，在漫长的黑暗中
我不能给你带来火把和棉被
我只是陪着你，走向金星闪现的晨曦

你要忍受我的沉默，一颗孤独的灵魂
在长夜中赶路，仍在梦着月光、繁星和海水
你要忍受我的冒犯，我的文字缺少蜂蜜和花粉
只是铁锤和石块的压迫、泥沙俱下的浑浊

我已写作多年，仍未找到世界的真理和人世的谜底
但我拒绝谎言，拒绝给你虚情假意的安慰和赞美
拒绝以诗的名义，亵渎汉语的尊严

我希望我们是在风雪中相遇，却又在风雪中道别
你需要在最终把我抛弃，独自走向汉语的远方
那里是启明的日出，也是创世的神谕

耳 鸣

一只蝉在左耳里呼喊——
那是尘世中车马喧嚣，行人熙来攘往
一个歌手正高亢地独唱

金属的嗓子，喊出烈焰滚烫的热浪
也喊出瀑布倾盆而下的冰凉

我是唯一的听众。在烈焰之外
在瀑布之外，岁月的信使正打马赶来
为我送来秋天的请柬：
青春已远，我正跌跌撞撞地跑进中年

这一路我已涉过千山万水的拥挤
只有孤独的人，才配听见这心灵的沉寂

从都匀开车到成都

拐上高速公路的时候，晨曦刚刚破幕

东方的一抹鱼白

仿佛是婴儿来到人世的第一声啼哭

一次次加速减速，一次次上坡下坡

一次次穿隧道过桥梁，一次次翻群山越河谷

每一步都有微微的倾斜和颤抖

在遵义，我汇入庞大的车流

白的、黑的、红的、蓝的……形形色色的面孔

车轮下飞扬的尘土和风

彼此尾随，相互追逐

然后在一个个的出口分手——

这人生的聚散总是这样来来去去，变幻无穷

转过一面斜坡，突如其来的阵雨宛若密集的音符

这长长的高速路就是那奔跑的琴键

每一个湿漉漉的尾音

都在替我奏出这长途跋涉的疲倦和苦楚

再转几面斜坡，雨停了

阳光溅落的飞瀑，是生活

给不停奔走的人递上一片晴空

五柱峰朝我拱手抱拳，赤水河朝我频频回首

只有日头陪着我，一路向西走

车到泸州，我想起多年未见的好友

在这里，我们曾把烈酒痛饮成长江浩荡的奔流

把青春折腾成一场宿醉后的夜梦

如今，我已鱼纹爬脸，他已霜雪染头

此去成都还有五百里，就像这人生

已抵达中途。沿途的风吹云动、花香鸟语

不过是我三十多年一事无成的岁月

而我历经的爱啊恨啊，情啊仇啊

不过是我在与这漫长的人世，作一一道别

镜 子

第一次看到镜中的自己
是在那个嗷嗷待哺的春天

唇边的细绒毛变成坚硬的野草
眼角的鱼尾纹搅起细微的浪花
是鬓边的一缕白发告诉我天亮了
而我做了一宿迷乱的梦

许多梦境我都记不清了
只有镜子知道，可它一直挂在那里
始终沉默不言

垂　钓

寂静的莲花湖是羞怯的，被群山捧在手心

午后的风是轻微的，就像丝绸滑过指尖

我独自坐在树荫下垂钓，流云在高空纺着丝绵

翠竹在远山织着裙裾

我的妻子和女儿，正在斜坡下的宾馆午睡

也许我能通过湖面的波光抵达她们的梦境

我年过古稀的父亲和母亲，正在乡下的老家

静候黑夜来临。也许这湖面

就是他们暮年平静的脸，一直在这里看着我

看着我垂钓这碌碌无为的人生

我承认，名利就像那鱼钩上的诱饵

引着我，一次次地被鱼钩抓得鲜血淋漓

却仍然在奋不顾身。再过三年我就年满四十岁

多快啊，这岁月的线一直在拽着我

拽着我沉入湖底，承接暗流的拍击和抚慰

痛饮呛人的泥沙和泪水。而那条系着细线的钓竿

却掌握在命运的手中，在一次次的拉起和放下间

草尖的露珠已凝成我鬓边的微霜

湖水的细浪已涌成我眼角的鱼纹

这个午后，我独自坐在树荫下垂钓

一直到夕阳西沉，一天即将过去

湖面静谧，宛若幽深的内心

时间在那里劳碌，也在那里获得安宁

一生中要做多少梦

一生中要做多少梦，要梦见多少人

才算是没有缺憾的一生

梦见辞世的故人，舀一勺月光

为我清洗双鬓上的微尘

梦见健在的亲友，抽出鸟鸣的琴弦

为我奏出心底滚烫的呜咽

很多时候，我在醒来后要么惊魂未定

要么怅然若失。想想这三十多年

我咽下的酸甜苦辣、经过的生离死别

又何尝不是一场未醒的梦境

许多年少时的旧知，早在岁月中走远

如今，我已渐渐回想不起

正如许多梦，翻过几道漫漫长夜

就忘得干干净净。而有的人与我素昧平生

只是在茫茫人海中惊鸿一瞥，却始终记忆犹新

正如有的梦，短暂、残缺

而案头上的闹钟每天都在一圈圈地奔走

这时间的循环往复中，许多次都是它把我从梦中喊醒

每一次醒来，不过是从一个梦中

进入到另一个梦里。在那些纷繁的脚步中

我做着梦，却一次次地看到了另一个梦中的自己

最后的信

上课的铃声已经响了，我还在教学楼后的山坡
给你写信。用去半坡阳光和满山鸟鸣
用去一抹风声压在我笔尖上的战栗
头顶晴空蔚蓝，仿佛是噙在你眼中的泪滴

那时我们十七岁，每周都在通信
给你写信时，整个青春都在天空上飞行
而阅读你的来信时，你纤细的笔迹
是淅淅沥沥的小雨，偶尔夹着远远的闪电

后来我们不再写信，而是通过网络聊天
在键盘冰冷的符号上，我能触摸到你滚烫的心跳
和呼吸

再后来手机上接到你结婚的短信，我正在海边
波涛如怒，满屏都是大海的呜咽

最终你音信杳无，就像一滴水从海洋里出走　　

这熙来攘往的人群里，我们终于走失

如今，我会偶尔翻阅那些信件

岁月留给我的处方中，有一味苦药叫怀念

我饮下它，用以治疗人生中时隐时现的空虚

正如那些暗香的纸笺上，你写下的字

像小雨下得淅淅沥沥，让我们隔着整个遥远的人间

遇 见

江水迢迢万里，从崇山峻岭中

从关山的明月和大雪里，赶着与我在泸州相遇

我在江边夜饮，回望长江奔忙的来路

仿佛是我三十多年浮浮沉沉的岁月

我二十岁的弱冠、三十岁的而立

在暗礁潜伏的漩涡中，在泥沙俱下的奔涌里

跌宕出我命运蜿蜒的水路

酒在杯中，浸着灯光的晕

就像是我在这觥筹中咽下的孤独

水在江里，泛起浪花和涟漪

正在一步三回首，向我依依道别

下半夜我醒来，听到风声呜咽

恍如那些远去的江水正在喊我

次日我乘着高铁抵达武汉，黄鹤楼下大江滔滔

朝我汹涌而来。我再次回望长江奔忙的来路

那些在泸州与我相遇的江水，还在奔向我

在这人生快马加鞭的中途

只有它们，最懂得我内心的苦

手 艺

——观一次泥碗的拉胚制作

一捧泥土从水中苏醒，从飞翔的手指间

发酵出生命的坚韧，揉搓出沉甸甸的黏性

并在拉胚器的拥抱中，被双手环围

仿佛灯笼在呵护着一盏烛焰

然后抵达一轮旋转的光阴，又一点一点

一点一点地站起来。拿捏，整合

成为泥碗的胚胎，以盛装生活的酸辣苦甜

多么独具匠心，我钦佩这娴熟的手艺

就像一首诗的创作经历——

词汇奔腾着泥的因子，句式汹涌着水的心跳

起承转合里，修辞被隐藏在背后

精神的力量喷薄在指尖

最后由心灵指引，回到灵魂的沉默或轰鸣

在尘世的热闹中写诗

我喜欢在尘世的热闹中写诗

在喧哗的地铁里、飞机的轰鸣中

在公交车摇摇晃晃的爬行上

在高铁穿过千山万水的奔驰间

我写下诗篇，不是为了获得心灵的寂静

而是为了让我的孤独，在一笔一画中不断加深

写史与虚构

我曾写过一部保路运动的长篇小说

杀人如麻的封疆大吏屠戮手无寸铁的民众

奋起反抗的义士在惨烈的战斗中牺牲

历史上，弓弩和刀斧总是被磨得很锋利

后人写史，不过是把它们再磨一次

今天下午，我重读这部小说的片段

读到那些透过纸背的尸骨和鲜血

不由得头皮发麻、满怀愧疚

尽管我记下了诸多事实，以此铭记历史

以此尊重逝去的生命，但在那些虚构的部分中

我却成为纸上的刽子手，在文字里草菅人命

漫长的差旅

我独自在街上逛了一圈，回到房间时

一轮凸月正从房顶上升起，隔得那么近

明亮中带着微尘，亲切得就像一张亲人的脸

坐在背窗的椅子上，我读一部小说

那在故事中长途漂泊的人

仿佛是我，正奔走在另一个时空里

读到动情时，我却总是走神

宛如一场短暂的梦境，而时间

又好像走过了很多年

五岁的女儿打来视频电话，狭窄的屏幕上

她撅着嘴，问我为何总是在出差

我竟一时回答不上来。窗外的南京城灯红酒绿

偶尔有尖锐的汽笛，像烧红的铁正在淬火

只有月亮无比安静，那么悲悯地望着我

再过几个月，我就年届不惑

这年龄，正是人生中疲于奔命的苦旅

我给远方的父母打电话，他们住在乡下

那里月光明净，一片星光和蛙鸣

我愧疚我走得太快，也走得太远

而生活总是催着我马不停蹄

在今夜，在异乡孤独的旅途中

夜深了，月亮还挂在窗外

只有它陪着我，明亮中带着微尘

亲切得就像一张亲人的脸

2006

那时我 26 岁，租住在一个破旧的老小区

楼层低矮，墙壁不够隔音

我经常写作到凌晨。我喜欢霓虹闪烁之外

那一盏孤灯的寂静。我喜欢在空白文档上的徒步之旅

就像是踩着大海上的积雪走向银河的屋顶

我喜欢这长夜独行中的停顿、迷茫与战栗

以及山穷水尽的沮丧里迎来柳暗花明的晨曦

在那些时候，在我从自己的文字中越走越远的间隙

我听到了高跟鞋的声响，是一个人

从院子进门的那一端走过来，然后爬楼梯

一级一级的脚步声，沉闷、缓慢

有着心力交瘁的疲惫。就像远行的人

穿过冰封的大河，每一步都差点踩碎了冰层

我的写作在此刻被中断，仿佛是从长梦中被人拉回

我从未观察过，这晚归的邻居是谁

我只是担心那拐弯的楼梯啊，它们和我一样

默默地承受着黑暗中悬空的重负

承受着在长夜里向着星空弯曲的孤独

有一天深夜，那脚步声密集、急促

有着被追赶似的仓皇。就像我不停地敲击着键盘

始终徘徊在词语的迷宫。而那晚归的人比我幸运

在匆忙的跋涉中，她已到了家门口

我却耗尽黑夜，仍未找到精神的归途

比邻而居

我从小在乡村长大，邻居们都是农民

面向黄土，艰难地耕植着穷困的岁月

麻木地消磨着庸庸碌碌的生命

我们每天都会相遇，拉几句家常，话几句闲语

有时还会相互搀扶，共同抵御生活的寒冷

在十岁前，我以为我将像他们一样刀耕火种

默默地过完惨淡的一生

后来我到异乡闯荡，无论是租住在破旧的老小区

还是我在新楼盘里买下逼仄的蜗居

邻居们大多是底层的从业者、平民中的小卒子

我们互不往来，偶在楼梯间邂逅也是冷脸相见

经常有人随地吐痰，有人信手扔下垃圾

有人随意破坏公物，有人无羞耻地蹲在地下室便溺

粗俗的说话声，堪比刺耳的噪音

我满心悲凉，却又无力改变我的处境

在这寸土寸金的都市，我能拥有安身之所

已是命运对我的厚遇

忍着吧，活在人世本就是一场灵魂煎熬的炼狱

只有回到书房，我才会遇到一群可亲的邻居

他们是福楼拜、米沃什，是马尔克斯、博尔赫斯

是提着酒盅仰天大笑出门去的李太白

是颠沛流离中吁嗟呼苍生的杜子美……

当我从架上取下书本，顺着文字曲径通幽的长廊

我看到他们在银河中散步，衣襟敞开着

露出真诚而深邃的良心

我激动着，想大声呼喊他们

却又担忧我的鲁莽，惊扰了那些寂静的灵魂

我庆幸还有一所心灵的房子，庇护着人类的永恒

旧址将逝

几栋低矮的旧楼早已斑驳了

就像暗淡的老年斑，露出时间的铁锈

垃圾堆在门口，污水流淌院中

一条进出的小巷就像岁月幽深的长廊

走啊走啊，也不知何时才是尽头

在深夜，偶有人在巷子里被抢

惊惶的尖叫拉暗了街边的霓虹

偶有失足的妇女、流窜的小偷

把那些苍白的夜晚捣出支离破碎的响动

不断变换的租客，在生活的鞭子下行色匆匆

只有年迈的长者显得缓慢而麻木

每日都在树荫下话家长里短，叹前尘旧梦

这是双林北路 19 号，一个混乱、肮脏的城中村

半年后就要拆迁了。今天我路过这里

突然心生眷恋，胸怀感动

十二年前，我曾在此租住了一个春秋

我爱的女人，刚刚与我分手

我却依靠着对她的爱，穿过那段艰难的旅途

就像我怀揣星光，穿过茫茫宇宙

第四辑 | 一个人穿行在人间

天　空

苍穹上，星辰各就其位

日月竞相生辉。银河的镜子里

全是大地的倒影

有时雷鸣滚动，那是天空对地心的引力

获得深远的回音

有时流星划过，那是自转的行星

正在丈量着光年

许多次我乘着飞机越过云霄

试图看清世界的轴心。而宇宙给我的

则是一场恍惚的梦境：所有星体的运行

包括一抹气流细微的战栗，全都化为了时间

我记得在天空上看云，仿佛是大海风平浪静

遥远的水面上，浮着被撞碎的薄冰

我记得夕阳落下的时刻，辉煌地沉入天际

宛如人生壮丽的告别

而天空下群峰就绪，万物各有规律

只有一群蝼蚁在乱麻麻地穿行，并时有失序

那里正是漫长的人间

一个人穿行在人间

我经常独自步行，有时缓，有时急

在长街上，在人群的缝隙里

我与尘世，保持着一粒泥沙与一朵浪花的距离

我经常搭公交，挤地铁

在角落处，默默地打量着形形色色的面具

并试图从心灵的迷宫穿过，揭开人生的底细

有时我也开车驰过高速路，穿过乡间的尘土

像一滴水珠，在江河中流得悄无声息

人世那么长，正如头顶浩瀚的星空

那么多我们叫不出名字的星辰

一直在循着自己的轨迹，一刻不停地运行

就像我从初生走到中年，从暮晚走到曙光

我的孤独太大了，只有天地才能装下我的悲伤

我一次次看见大海

在连云港，我第一次看见大海

那是阳光下风平浪静的大海

像一块深蓝的大翡翠，刚刚从梦中醒来

迢迢千里，我从大山中赶来

却没有激动和惊喜。仿佛因为初见

我和大海，都有着羞涩的宁静

后来，在厦门和三亚，在青岛和烟台……

我一次次地看见大海粗暴的翻身、愤怒的咆哮

看见大海的蓝袍下裹着战栗的喘息

现在，我站在温岭的海边

细雨蒙蒙，大海像一个久病的人

做着恍惚的梦。海潮涌起来，又退下去

日复一日，大海从未离开

但时间却已悄悄走远，从我的眼角带来细浪

从我的鬓边落下小雪。多快啊，我已年近中年

我历经的岁月，仿佛大海苍茫的烟雨

唯有层层叠叠的涛声，是大海耳提面命的教诲——

作为诗人，我要捞起那些雪白的海浪

那是大海翻晒的盐，正好用来给这寡淡的人心

加一勺咸湿的钙

瀑 布

山坳处听见水声
仿佛是一抹琴音把我从梦中喊醒

转一个弯，一挂流水站在崖头
晾晒着白花花的银子：这是献给我的
灵魂的白银，是心灵从高处落下
在低处获得的回音
让我挤出红尘的喧嚣，千里奔来
从中年逼仄的门缝，独望银河的一袭月影

油菜花

大地赐给我腰缠万贯的黄金的细软

但我只要一抹芬芳，用以丰盈我内心的贫瘠

我只要这漫山遍野的金色油彩

像被打翻的一地阳光，调和我孤独的岁月

时间正好，我来到罗平时人届中年

只为了站在金鸡峰上静静地眺望

望一望这奔放的金黄，十万里的金黄

仿佛上一个世纪的背影

茶卡盐湖

我只是摸了摸湖水，它便赐予我满手盐粒
仿佛碾碎的青稞，正蘸着生活的咸

我只是独自站在湖边，望了望远山
又望了望湖面。天空挂在头顶
也卧在湖底。那么静，又那么远

我千里奔来，涉过重山复水
仿佛只是在赶赴一个阳光下的梦境
在这里，岁月还在昼夜不息
打磨着这一汪湖水结晶的翡翠
它忧郁的蓝，将会治愈我的失眠

人世那么长，我梦得那么深
当我醒来时，时间正指向中年

也许，我已在梦中哭过了——
这盐湖是高钙的器皿，刚刚为我称量了心灵

草堂谒杜甫

初见时，正值秋深
我二十岁，我们之间隔着一个大唐的距离

我像众多的游人一样，嬉闹、拍照
开心得，就像逛公园
那时我还年轻，还未读懂你的寂寞
比整个成都的树荫还深

我羡慕你有一个庭院，门前
流过一湾浣花的溪水
羡慕你在翠柳下，听黄鹂的鸣叫啼破青天
远处的西岭雪山正举着白帽子颔首致意
而我在城北，只有一处蜗居
像无数飞鸟垒窝的树上，我住着
其中的一个巢穴，有幸的是
它足够坚实，不会漏风和飘雨

后来我数次来到这里，直到有一天

才真正地与你相遇，那时你从田间归来

蹒跚着步履，身后跟着一抹夕晖

院墙外，满城烟火正热

那些劳碌奔波的百姓，都是我们的亲戚

从柴门进入茅屋，二十米

却是一个时代的深度

我越是靠近，孤独就越来越深

夜那么长，我流连得太久了

当我起身时才发现，我已人至中年

星光满天，我鬓边的白发恰如月光掀开的晨曦

你来到成都时，是公元 759 年

我来到成都时，是公元 2000 年

命运让我们在时间的分岔中走远

又让我在疲惫的中年与你遇见

我有诸多遗憾，但也有最大的幸运

——在你生活过的城市

我不仅用去了青春和中年，还将会

终老此地

平江谒杜甫墓

我是乘着飞机来的，钢铁巨大的羽翼

仍未追上大水中老病的孤舟

你已经走远了，只留堂前孤灯昏暗

宛如大唐惆怅的傍晚

生命安排你在此歇息

就像黑夜卸下你漫长的疲倦

回首家国已远，乡愁是一条颠沛流离的旅途

而向北的故园和京都，隔着一生的距离

隔着未竟的路

史诗在这里合上册页，深切地

压着一个帝国的背影

历史正屏着呼吸，听你在文字中发出声音

如今你在成都的草堂门庭若市

世人记住了那座茅屋，却记不住

一颗雄浑的心灵为何而痛苦　　　　　　　

在人世的浮华中，我庆幸你的墓园一片静穆

草叶与土丘、古柏与清风

为你保持着最后的归宿

而我们不配为你献上桂冠和赞美

只有大地和时间，才够得上匹配你的孤独

塘 里

迢迢千里，仿佛一次遥远的回乡

院墙上的青藤、半山腰的水车

街巷里的石板，都是童年的路

是年少时清澈的梦境，我只需轻轻俯身

就能拾起我年近中年的乡情

池塘的秋水宛若亲人含泪的凝望

十月的风是爱我的人，递过一场温情的拥抱

抚过我鬓边的细雪和微尘

书院的一本书突然掉下，那是我藏在书页中的乳名

抢出来与我晤面。阁楼上的风铃

正羞怯地为我们倾诉着乡音

山坡上的一只鸟雀喊着我，它是我久违的兄弟

黄昏时要大摆宴席，痛饮往事和旧年

别怪我来得太迟。每一次灵魂的返乡

都必须要走过远方，并且历经风雨

五峰听雨

这是淅淅沥沥的晨读，从烟云中

送来南宋的口音。十月的风

正押着抑扬顿挫的韵

一袭峭壁是厚重的书卷

一挂急坠的雨珠是奥妙的春秋笔法

读不懂的章节，全都交给时间来讲解

满山草木都在洗耳恭听

过隙的白驹停下来了。一滴雨声就是经年

前世的书生大袖飘飘，在雨声中

为一卷案头的经典湿漉漉地断句

峭壁中的沙石是大海沉睡的珊瑚和水晶

亿万年后，被这个上午淅淅沥沥的晨读唤醒

在这尘世我走得太急。五峰下的细雨

正给予这人间宁静的抚慰

　　只是我早已辜负山水的诗篇

　　不配在这里献上灵魂含泪的苦吟

在青莲镇，兼怀李白

在这里，我要饮酒、写诗
用现代的意象，押五言七律的韵

在这里，我要裁涪江的丝绸
制作成寄往长安的名帖

在这里，我要把静夜兑换成银两
买下明月的药丸治疗乡思

在这里，盛唐是我前世的青春
居士是我今生的笔名

在这里，每一次我的到来
都是在返乡。只是我的兄长早已辞亲远行
我们之间相隔的时间
正好等于一首诗开头和结尾的距离

出生地

我确信，这村路上拾级而上的脚步
是我年近不惑的中年，重返童年的背影

我确信，尘封的碗窑里
烧黑的岁月，有一碗是我白釉的青春

我确信，那个吊脚楼下晒太阳的老人
正是我的暮年，白露偷走我双鬓上的黑夜

从村口走到山巅，我确信这苍翠的山岭
是母亲的臂弯，容纳我疲惫的梦从晨曦中起身
只是，只是我不配做她的孩子
从这里离乡的人已走得太远
我们都辜负了这美好的出生地

傍晚，登锦绣天府塔

向上的电梯引着傍晚的天空飞行

城市如缓缓打开的画轴，那些缤纷的颜色中

有一抹深蓝，正湿漉漉地通往我的梦

山巅上，落日苍茫

半个西天都是晚霞的惆怅

天际的山岭就像鲸鱼的脊背

迎着喧嚣的晚潮

柔软的夕光就像唱片里的旋律

带着万千颗听众的心跳

这是一天中忙碌的时刻——

匆忙的行人如大海中穿梭的鱼群

每一朵浪花的振动，都被晚风拉出荡漾的余韵

林立的楼宇仿佛出水的礁石

每一个发光的窗口，都栖着岁月深长的寂静

而蜿蜒穿城的锦江，是这座城市的血液

　　　　更是这座城市的时间。二十年前我来到这里

草木年年枯荣，街景持续变幻

我穿过的街巷，把我少年的青春

走成了中年的泥沙和疼痛、白发和细雪

我记得，孤独伴着我

摇摇摆摆，经过那些遥远的长夜

我也记得，爱伴着我

在昨夜拥抱过的每一个瞬间

尽管我来自异乡，却仿佛出生在这里

并一直在此慢慢成长，又将慢慢老去

高家堡古镇

五百年，时光束手侧身

供我们鱼贯走进。街道空荡荡的

两旁店门紧闭，仿佛失意的人

在北风中码着一张萧索的脸

天空无限高远，就像一挂丝绸

晾晒在遥远的头顶。一面绣着老字号的店旗

迎着风猎猎作响，就像三弦压抑着悲音

我们不停地赞叹，多好啊

那么安详、寂静。正是我们在忙碌的浮尘中

苦苦追寻的内心

在街角处，一个须发皆白的老者

坐在门口，眯着眼，袖手看着我们

我上前去喊他，他笑了，却不出声

仿佛岁月动荡，而所有的语言都在唇边平息

望乡台

在这里向东眺望，我的故乡远在千里

房屋掩映在浓荫中，像岁月深处

一张蒲扇后闪过祖父的脸

山坡上的翠竹、院落边的菜圃

路边走过的鸡鸭和猫狗

都那么亲切和熟稔，仿佛记忆

仿佛昨夜我刚刚醒来的梦境

这是冬日的上午，阳光温暖得

仿佛我在迷路时听见母亲的呼唤

两只麻雀在光秃秃的树枝上跳跃

叽叽喳喳地叫，带着永不更改的乡音

不远处的斜坡上，一个老妇人颤巍巍地

穿过萧索的树丛。我希望她转过来的脸

是我梦中记挂的母亲。生活过早地

塞给她疲倦和衰老、烈焰和冰雪

时间侧着身，在为她让行

只是我已漂泊太远，愧对故乡艰辛的抚育

大地连绵起伏，一直延伸到天边

唯有沉默的泥土，可以宽恕我曾经辜负的岁月

城市夜行人

一些晚归的人骑着电动车
仿佛鲫鱼露出脊背，在水面划出波纹

一些街边的烧烤摊还守着微薄的生意
仿佛大海中的风暴荡漾着浮萍

一个男人站在街口。他是在等待着计程车
还是在等待着时间耗尽长夜？他的孤独
恰似他身后那一盏坏了的、不能发光的路灯
不远处的工地昼夜不息，打夯声一阵紧过一阵
宛若绝望者撕心裂肺的哭泣

另一边的墙角里，一个流浪汉忽然爬起
这漫长的黑夜，没有他的归期
而明月正挂在中天，凄凉的白
仿佛神在高处，对人间充满怜悯

夜宿陵水

梦中有一只孤舟载我，逡巡于海面
我白日里见到的海豚、海龟和海狮……
带着我故乡的口音，一起站在波澜中喊我
满世界的海风，都在替我答应

梦那么长，正如我穿行在茫茫的大海上
青春已随浪花走远，一路皆是疲惫的中年

醒来时，天色未明
长夜未尽，我却已雪染双鬓

明天一早，我将启程回乡
窗外的三株椰子树，在晨风中默默伫立
仿佛故人在等着为我送行
不远处，一道坡岭横亘
阻拦了大海赶来与我道别
只有陵河泛着光，马不停蹄地奔向远方

169   代我向大海捎去口讯：我是山中长大的孩子

穿过苍茫的人世来到这里

就是为了跟大海说一声再见

在月亮峡饮酒

我是从蜀中来的，山河万里

在月亮峡被一杯酒拦住了去路

诸友在侧，我的孤独仍旧那么深

正如酒入肺腑，曲径通幽

一杯一杯，那么醇

那么柔，微醺时

仿佛月出峡谷，虫鸣中滚动着夜露

东去西来，这一生饮酒无数

唯有在月亮峡，我以一枚酒杯

接住了群山深壑的静穆

而我已记不清这杯中的岁月了

觥筹间，多少新朋和故交

都把青春饮成了中年，把青丝饮成了白头

离席时，我将世界踩了个趔趄

　　　众人皆散了，我走在最后

　　　夜色如一坛陈酿，天空仍举着星星的杯盏

　　　与我遥遥相碰

我从远方来到田庐

我在三十九岁时才来到这里，那是命运的安排
要我经历过中年的疲惫和仓皇
才能在这里取走人生的片刻宁静

初见是羞怯的。门前的野花正红着脸
田庐正一片寂静

我是从西陲来的，走了三千六百里
一湾白鹭溪不够，还要用半个夜晚的春雨
来洗去我穿越了半个人间的风尘

当我在阁楼歇息，半个尘世都被隔在外面
只有风可以沿着楼梯爬上来
为我抚去鬓边的细雪，为我压一压
心跳中微微颤抖的呜咽

当青瓦上的一缕鸟鸣把我从梦中唤醒

岁月那么长，我又在异乡度过一夜

我记得昨夜没有饮酒，为何还是微醺

我已经三十九岁，命运终于安排我来到这里

简白的瞬息

红茶刚刚好，绵软、细腻
恰如永康的体温

轻音乐响起时，有蛐蛐的鸣叫
像茶尖上滚动着露水

室仅一斗，却如大海托起我
并送我碧波万顷、晴空万里

朋友们站在远处喊我，我愿意沉默以对
以独自享受这孤独，像大海一样深不可测

我庆幸，我来得还不太晚
只是一泡茶饮淡，是岁月推着我
只能在此小憩片刻，却又在这里
替我卸下了中年里兵荒马乱的万水千山

注：简白系浙江永康市的一家民宿。

磁器口

汹涌的人群拾级而上
仿佛嘉陵江的水位在向上抬升

石板路上了年纪，已说不清古街坊的历史
低矮的木瓦房外，闪过一袭圆领的长袍
那是宋朝漫长的背影

嘈嘈切切的市声人语，正是沸腾的火锅
而街道两旁的麻花、冰棍、糍粑、糖油果子
烈火中混合着花椒爆炒的辣椒……
仿佛是我童年的味蕾

我熟悉这场景——
近得就像我年少时赶集的记忆
远得又像我在人生中记住的第一个梦境

我随着人群接踵摩肩

就像江水一滴滴地挨在一起

岁月驾舟而行，当我从水滴里起身

在码头上岸时，我已人至中年

钟家大院的书场正在上演着川剧

高亢的唱腔仿佛是故乡的口音

正在一遍遍地喊我。而我已离乡太远

只有码头口的江水在替我

一遍遍地回答这命运的哽咽

初遇零关道

马队已经走远。山坳处松涛呜咽

仿佛是马匹的嘶鸣还未平息

所谓历史，不过是那些石板路上遗留的马蹄印

从新民镇到小相岭，是汉到清的时间

以盐、茶叶、铁器和丝绸的重量

以挑夫肩头上红肿的乡愁

马背上颠簸的日日夜夜，丈量它的距离

我来时日头已西，我已人至中年

沿途的哨所、古镇、营寨和石刻

一直领着我，领着我走近青杠关上送别的背影

穿过丁山桥上望乡的目光

但我终究来得太晚，已无力抵达最深的岁月

唯有长风寂寥，就像马蹄的回音

替我把这起起伏伏的命运走了一遍

有时陡峭有时平坦，有时开阔有时狭窄

有时侧身就迎来了鸟鸣和朝霞

有时转弯就扑进了风雨和暮晚

而古道曲折，宛若人生漫漫

只有群山才能匹配它的苍茫

正如只有长路才能匹配我的孤单

雷家大院的傍晚

门前的拱桥就像主人迎出来
远远地伸出手，但握住的只是遥远的回忆

庭院四合，恍若幽深的长梦
时钟已经静止，世界屏住呼吸
曲径通幽处，越往里走
人世仿佛就越来越远

白墙黑瓦，是时间用旧的记忆
也是时间洗尽铅华上的浮尘
当我走过回廊，穿过门厅
那是时间，在度着我后退

一杯砖茶留住了我的行程
我甚至愿意，与它共度余生
而院子外暮色正在降临，生活催着我
在这尘世走得太急，我已双鬓染霜
年近四旬，却一直在辜负着岁月

华龙码头的黄昏

我是初次来到这里，却用去了三十九年的黄昏

那些茫茫芦苇，一直在此等我

等得容颜金黄，在夕光中耗尽了白发和青春

这是十二月的华龙码头，万物正在慢慢消瘦

向东的洞庭湖有着忧郁的憔悴

与长江的一截细流，在大地的拐角处厮守

一只苍鹭从沙洲上飞起，向南而去

又侧身向西滑行。正如我独来独往

以孤单的航向，校正着岁月和远方

而晚风领着我，走得跌跌撞撞

我疲惫的中年，犹如夕照中苍茫的地平线

我的左边是一轮凸月高挂

我的右边是半面残阳低沉

我在中间穿行，芦苇们列队送我

留下一路形容枯槁的命运

　　　我的前方是远处的岳阳城灯火通明

　　　一粒星辰刚刚跃上天空的屋顶

朝门院子

灰石青瓦。枝叶掩映间
这些低矮的民居，仿佛蹲在大地上的乡民

我走过篱笆墙外的小径、檐角漏下的光影
我走过院墙边草木的呼吸、一洼菜园茂盛的绿荫
我走过一声拉长的鸡鸣、一垄翠竹沙沙摇曳的寂静
仿佛又一次回到我年少的记忆和梦境

我喜欢枝头上那些黄澄澄的柚子
沉甸甸地垂向地面，站在地上触手可及
正如这里的乡人们，一生都俯身向泥土
一颗颗饱满的灵魂，在严冬里闪耀着黄金的火焰

我喜欢那在灶头前点卤豆花的老妇人
忙碌的样子，就像我年过古稀的母亲
岁月从不曾宽恕她的艰辛，但会赐予她坚定的信念
对于清清白白的生活，有着卤水滚烫的热情

坐在院子里的石桌边，我渴望着有人喊我

就像小时候，母亲喊我的乳名

而我栖息在城市，一次又一次

来到异地的乡村，获得我身在故乡的温暖与宁静

我为这种感受深怀愧疚和羞耻

因为，我早已把返乡的道路走失

我已不配成为一个书写故乡的诗人

甘州八声：正午的民乐

连风也停下来歇息，掸去我肩上的尘土
十年未见的老友站在阳光下，朝我递过来的拥抱
酣着一场十年未醒的旧梦

这是八月的正午，早霜已悄悄来过
在他的双鬓，在他的额头
一张脸仿佛熟透的青稞，泛着油
只有他眼神里的冰雪，正在悄悄地解冻泥土

诸多话语想说，却又羞于开口
我们的沉默，是愧疚于这十年虚度的光阴
在这里，他失恋、离异，寂寞的日子支离破碎
总有一缕风，一次次地吹薄他的背影
总有一抹孤月，一遍遍地绊倒他跌跌撞撞的步履
在远方，我是一株死水微澜中的浮萍
生活把我一会儿拉近，又一会儿推远
我们之间隔着一廊河西幽深的岁月

离别的时候，他站在路边朝我挥手

哀伤的表情仿佛乌云中的晓月

我继续向西，阳光的火苗一点点地黯淡

一点点地明灭。几辆拖拉机突突地跑过

一声声汽笛仿佛淬火的铁，散着丝丝凉气

这人间过于喧嚣啊，只有远处的祁连山沉默不语

如长者，悲悯地看着我们庸碌的人生

更远的地方，取经的人还在风雪兼程

大风打扫着前面的道路

那里是无限的远方，是通向灵魂的最深处

甘州八声：扁都口

我来时油菜花刚刚谢了。这些远走的红颜
只留给我一道青青的背影

一望无际的油菜籽，是这个八月翠绿的光阴
在秋寒中孕育着渐渐饱满的内心

风从垭口吹来，带来丝丝入扣的冷
就像匈奴的弯刀挑起了草尖上的星辰
在抵达之前，我在路上耽搁得太久了呀
一次次翻山越岭，峰回路转
宛如一卷出塞的丝绸，我风尘仆仆地赶来
不是观赏那热烈的盛开，而是邂逅这浩大的凋零
献出我怜香惜玉的爱

霜就要来了，远处的雪山露出苍凉的脖子
深深的峡谷露出清瘦的腰身
一只牦牛在斜坡上步态沉稳

它才是那个西去取经的人

向东，是青海喝醉的青稞酒

向西，是甘肃未知的旅程

一阵粗犷的牧歌从云端跌落

只有错过了花开的人才知道：哪一段是起伏的人生

哪一段又是起伏中命运颠簸的疼

凉州词：天堂寺

群山环绕，仿佛是众生安睡于佛的怀抱

这河西的小镇无限安静

八月的阳光就是一袭竖排的经卷

人群和车辆如此缓慢，连时间似乎也停止了

只有大通河奔流不息，就像宗喀巴大师在彻夜诵经

庄严的寺院，就是得道的高僧

已经打坐了厚厚的一千年。浩荡的袈裟里

一点点地漏下万丈霞光和雨水

漏下夜晚满天的星光和百转千回的虫吟

阵雨总是突如其来，粗大的雨点

仿佛是佛的念珠，一粒粒地敲响我体内的木鱼

远山的树木、地头的青稞，在雨水中肃立

它们都是佛的弟子，正虔诚地接受着湿漉漉的受戒

我从远方赶来，是为了捡回我灵魂的舍利

我这一具粗糙的肉身已在人间游荡了很多年

凉州词：在天祝的途中

我只是侧身而过——

凉州的快马已跑成了霜雪上的一匹闪电

河西的明月已醉成了葡萄酒中的一曲羌笛

群山逶迤，跟随我走了一程又一程

向阳的山坡，阳光的针线绣出翡翠上的丝绸

背阴的低谷，流水的剃刀理出皱纹里的沙土

风微寒，是哪一首苍凉的歌谣啊

唱得人如此心疼。偶有白牦牛站在路边观望

一袭雪山的白袍、月光的睡衣

那温良的眼神仿佛我前世的亲人

转一个弯，大通河拍着浪花的手掌

远远地从青海赶来，在天祝的峻岭中

在这个八月的分岔口，迎向我结结实实的拥抱

——这是爱穿越了多少颠沛流离的道路

才换来了这茫茫岁月里的相逢

一叠一叠的岭，是谁敞开起伏的胸膛

露出怀中厚厚的经卷

那些转经的人，磕长头的人

把参不透的偈语，都交给了更高的雪山

它们皓首穷经，早已读透红尘的悲喜

而我千里奔波，这曲折的旅程

那不断远去的光阴，都是我人生苦寂的修行

清平乐：祁连山下的田庄

秋风正黄，这八月的时光已成人间的交响

天空洗净流水的蓝，大地绣出青稞的黄

青草搂紧身子，轻甩纤细的绿袖

秀丽的远山铺织流泻的丝绸

更高的雪峰站在云端下，献上了吉祥的哈达

风从田野走过，打翻了一地阳光

藏族的老阿妈蹲在墙角，绛红的脸

是昨夜染霜的格桑

是忧伤的民谣唱晚了山巅上的夕阳

梦中我仿佛来过：这宁静的瞬间

抚平了内心起伏的沟壑。这斑斓的晨昏

彩绘着岁月沉甸甸的琥珀

就是在这里呀，那田间奔走的少年

就像我远去的青春，身后跟随着一束寂寞的花朵

多么热烈的爱，万籁都是温柔的耳语

万物都交出了灵魂纯净的白雪

我欣慰于人世艰难的旅途：这祁连山下的田庄

一直在等着我，一直在等着我如此路过

清平乐：祁连山上的雪

昨夜落下的月光还未干

就被寒霜染成了弯刀上的锋芒

昨夜从江南运来的丝绸刚刚漂白

一袭哈达皓洁的幽梦，就挂上了高高的山峦

——这祁连山上的皑皑白雪

是母亲敞开的胸脯

哺育着一廊河西曲径通幽的时光

是神灵在云端下翻晒的经卷

粒粒蘸满银粉的佛语，让众人都找到纯净的睡眠

那一年我骑着白马，从凉州出发

从飞燕的背脊抵达反弹的琵琶

肉身丢在了沙州，灵魂却留在了甘州

祁连山的风一次次地洗白了我的头发

不忍回首啊，深闺中的卓玛

还在熬煮着酥油茶。她一抬头就看到远山的雪

那是哪一个他，就要背着银子跟她走遍天涯

夜晚的旅程

火车窗外闪过的山川、草木和房屋

仿佛我沉默的亲人

仿佛我人生中逝去的光阴

目送着我在这人间渐渐走远

今夜我一路无睡，我失眠的身体

也铺排着铁轨，奔跑着火车

它的汽笛轰鸣着一节节的孤独和疲惫

那些乡愁和爱恋、忧伤和甜蜜

就是那些来来往往的旅人

有的上车，有的离站

有的在月台上黯然地留下岁月的孤单

今夜我多像这星空下的守夜人

我把祝福送给月光，送给风声和流水

送给那些无眠的人，那些有梦的人

那些在夜里不安地梳理着灵魂的人

今夜星光浩大，人世辽阔

无论你是走着还是站着，是梦着还是醒着

　　　　也无论你是在火车上还是在轮渡里

　　　　　是在大洋的彼岸还是在花开的中国

　　　　　我们都是在随着这时针一分一秒地流逝

　　　　　在人生的旅程上一路飞奔

　　　　　在这旅程中我们小如滴水，小如微尘

"病痛"体验与"离散"书写
——"80后"诗人熊焱诗歌论

董迎春　覃　才

　　摘要："病痛"体验是时间与生命留存于身体中的感知"心像","病痛"书写直指时间与生命一体的诗性内核。"80后"诗人熊焱关于时间与生命的"病痛"体验,表现着个人、时间、生命三个维度的孤独本质,他由"病痛"时刻与状态完成的诗歌表现出强烈的孤独诗感。时间与生命的"离散"书写,完成了熊焱个体对时间与生命的解释与意义探寻。

　　关键词:当代诗歌;病痛;孤独;离散

The"Illness" Experience and "Dispersing" Writing:

On Poems of Xiongyan

Dong Yingchun, Qin Cai

(School of Humanity, Guangxi University for

Nationalities, Nanning Guangxi 530006, China)

Abstract："The illness" experience is "the heart image" of time and life retained in the body, the writing of illness, the poetic core of time and life.After 80 the poet Xiongyan writing about the illness of time and life, with individual performance, time and the nature of the three dimensions of life lonely, he completed by illness moment and state of poetry shows strong lonely feeling.With the writing of time and life's "living image of discrete ", Xiongyan completed the interpretation and meaning of the time and life.

Key words：contemporary poetry；illness；lonely ； discrete

"离散"在当下，指向的是时间和空间层面的家园、故乡及情感意蕴的"离散"理论，对读解身处"离散"状态之中诗人的诗歌创作有重要意义。熊焱作为一个生于贵州瓮安县，现生活于成都，且已过而立之年的诗人，苦难、病痛、离乡、漂泊等人生经历形成了对时间与生命个体化的病痛体验与孤独感应。著名诗人梁平指出："熊焱是"80后"有代表性的诗人，他的诗固执地对故乡精神的探究和与亲人肌肤的亲近，构成他与同时代诗人的区别。"纵观熊焱的诗歌我们看到，他以诗歌的"病痛"书写与孤独诗感，解释与表现他本人的漂泊之感和生命经验，这种离乡和漂泊体验构成的"离散生象"，也是"80后"诗人熊焱诗歌写作的重要向度。人的"病痛"与孤独是关于时间与生命的"病痛"与孤独。熊焱开始与完成于"病痛"与孤独的诗歌写作，是时间与生命的"离散"创造。

一、"病痛"成诗

"80后"诗人熊焱是中国诗坛青年诗人的代表之一，他有诗歌发表于《人民文学》《诗刊》《山花》《扬子江》《星星》等刊物，并曾参加第23届青春诗会，获第六届华文青年诗人奖、四川文学奖，首届四川十大青年诗人称号等，出版诗集《爱无尽》《闪电的回音》等。他曾为《星星》诗刊编辑，现为《青年作家》和《草堂》诗刊执行主编。从1998年就开始诗歌创作的熊焱，在已过而立之年回忆个人的成长经验时指出："年少时我体弱多病，屡次与死亡擦肩。"这种"体弱多病"或是处于"向死而生"的生命状态让熊焱对"病痛"有着敏锐的感知，这种感知成为其诗歌写作的重要动因。著名诗人林莽指出："熊焱的诗，真切、细微地深入到生命内在的真与痛。"我们知道，身体作为人之所以为人的"感知场"，不仅为人感知时间、感知生命，更为人留下我们所感知的时间与生命体验。人与过往的时间与生命体验相遇是所有人共有的能力，正是这种能力推动熊焱诗歌，生成其诗歌的痛感与力度。

身体作为人永远敞开的感知场，无时无刻不在承受时间与生命当中发生在人身上的苦难、挫折、病痛、离乡、漂泊、孤独、惊诧等复杂的体验，对一个诗人来说，他的诗歌思考与表达往往来源于这些对身体冲击力大，让身体形成神经反射的"伤害性"体验。"用诗创造的世界不限于个人印象，但必须是印象的。它的全部联系均为活联系，即促动因素。它的所有原因和结果仅仅作为期待、实现、挫折和惊诧的动因在起作用。"因受从小体弱多病影响，诗人熊焱对身体内留存的个人与父母的"病痛"体验特别敏感。可以说，他的关于时间与生命的诗歌写作，这些苦难、病痛、离乡、漂泊、孤独等"病痛"体验就是动因。

　　"年少时我体弱多病，屡次与死亡擦肩／母亲心急如焚，躲在暗夜里啜泣／咸涩的泪水泡软了岁月的荆棘／父亲安慰她。两人就像枝与叶／偎依在一起，承接着呼啸的风鸣与闪电／如今母亲已年过古稀，一身伤病／她摸着生锈的心窝、漏风的关节／微笑着，从容地看尽了生死／而我沉默着，看着她的病痛／就像看着我生病时的女儿，心里汹涌着忧伤与焦虑。"(《岁月颂，3》)

　　生命的磨难就是时间的磨难。在既是时间又是生命的磨难的"病痛"体验里，人才最懂得时间与生命的意义。表现这些时间与生命"病痛"磨难的意义就成为了诗的书写。年少时"母亲"对体弱多病的"我"心急如焚，时常为"我"哭泣。"母亲"年过古稀时一身伤病，同样为人父母的"我"，"看着她的病痛／就像看着我生病时的女儿，心里汹涌着忧伤与焦虑"。在此，时间呈现着诗人个人、母亲、女儿三者"病痛"的生命磨难，对这些"病痛"磨难进行感知与意义提取，就变成诗歌表现与思考的内容，诗由此而生。

　　洪堡特说："诗歌只能够在生活的个别时刻和在精神的个别状态之下萌生。"对诗人熊焱来说，生活中的"病痛"时刻、"病痛"状态就是他"萌生"诗心的时刻与状态。熊焱的"病痛"书写，往往以"病痛"时刻与状态的诗心作为诗歌开始的部分，并以此展开他对时间、生命、生活等内容的意义道说。

在诗作《我记得某些瞬间》，诗人熊焱写道："十六岁那年，我做了一个大手术／全麻后醒来，下午的阳光正端着颜料／涂抹着窗口的画板。树枝上的鸟儿正拉着琴弦／唱出大海激越的潮音／我欣喜地摁住心跳：多好啊，我还活着呢／多年后，我在悲伤中喝得酩酊大醉／夜半醒来，头疼若绽开的烟火／窗外的灯光仿佛胜利者不屑一顾的讥讽／大街上，疾驰的车辆掠过了呼啸／宛如漩涡中荡起的波涛／我沮丧地问自己：哎，我为什么还活着。"

时间与生命的"病痛"体验留存着人不同时刻与状态的体验与思考，诗人写诗就是在当下的瞬间把身体里的"病痛"体验与思考反映出来。"我做了一个大手术／全麻后醒来"，这是诗人"病痛"的个别时刻与状态，也是诗人"萌生"诗歌的个别时刻与状态。在这个时刻与状态下，窗外灿烂的阳光、鸟儿的歌唱，瞬间把诗人的"病痛"想象成有意义的生命瞬间。在此，诗人生命的瞬间与时间的瞬间对等，象征着希望，是诗人所说的"多好啊，我还活着呢"。开始于"病痛"时刻与状态的诗歌，慢慢转向"多年后，我在悲伤中喝得酩酊大醉／夜半醒来"。喝酒喝得酩酊大醉或更为痛苦的生活与生命状态，让诗人对时间产生完全不同于前者的"病痛"感觉与思考。与生命对等的时间瞬间，此刻对接着身体里存在的那些无用、无意义的生命与时间"病痛"，遭到诗人的质疑，进而发出"我为什么还活着"的绝望喊声。

"病痛"的个别时刻与状态是一个思想的起点，这个起点通达人记住的所有时间与生命的体验瞬间。人能够记住的对人影响深刻的瞬间，是思想的瞬间。这些深刻与思想的瞬间既是时间与生命的瞬间，更是诗的瞬间。在海德格尔看来："思想乃是作诗，而且，作诗并不是在诗歌和歌唱意义上的一种诗。存在之思乃是作诗的原始方式。在思想中，语言才首先达乎语言，也即才首先进入其本质。"诗人以语言进行时间与生命的"病痛"思考、以语言进行时间与生命的"病痛"诗写，这种语言的思考和诗歌书写让人看清时间与生命的本质。

"她坐在阳台上，那么小／那么慈祥。一张沧桑的脸／有着夕阳落山的静谧／／磨损了一辈子，她的腿已经瘸了／背已经佝偻了，头上开满深秋的芦花／生命的暮晚挂满霜冻的黄叶。"（《母亲坐在阳台上》）

"父母年过古稀，孩子尚在幼年／生活的负债、尘世的人情／仿佛明天的台历，必须越过今晚漫长的黑夜／才能揭开那一页数字的秘密／这人生残酷的严冬正在前面／我已经三十七岁，人生即将进入中年。"《我的人生即将进入中年》

强加于诗人个人的"病痛"时间，也强加于诗人的母亲身上。诗人人至中年，年老的母亲已经提前为诗人显出时间与生命的"原形"。沉淀在诗人个人与母亲身体里的"病痛"情感，此刻呈现为语言的思考和诗的思考。诗人以诗之语言思考个人与母亲相同的"病痛"，就是在感悟时间与生命的复杂本质。这种本质既让诗人体认时间与生命的"病痛"，又让诗人知道时间与生命是什么。

"病痛"是诗人熊焱"萌生"诗心与凝神思考的特别时刻与状态，也是诗人熊焱进行诗歌写作的思维与习惯。海德格尔指出："一切凝神之思都是诗，而一切诗都是思。"我们看到，诗人熊焱在关于时间与生命的诗歌书写中，以"病痛"的时间与生命体验，进行着的时间与生命的"病痛"书写，完成他个人对时间与生命的思考与道说。熊焱说："于我而言，写作不是一种单纯的兴趣或爱好，而是我想承担的某种良知和责任。"

二、孤独诗感

孤独有发现诗与生成诗的能力。对诗人来说，孤独的地方就是诗歌开始的地方，孤独具有的意义就是诗歌的意义。很多时候诗人写诗，就是在一个人平静与敏锐的孤独中写诗。熊焱指出："我一直都认为，诗人是心灵孤独的苦行僧。"对熊焱而言，出自他个人孤独状态的诗，有孤独的诗感。"孤寂包含着：更寂静的童年的早先，蓝色的夜，异乡人的夜间小路，灵魂在夜间的飞翔，甚至作为没落之门的朦胧。"时间与生命的苦难与病痛经历及回忆让诗人熊焱形成了孤独的个人品质与思维，他由"病痛"时刻与状态开始的诗歌写作，有其本人孤独的品质与思维。在具体的诗作中，呈现为一种孤独的诗感。

诗是"孤独的创造"。这种孤独与创造，关于时间，也关于生命。加斯东·巴什拉说："诗是一种即时的形而上学。""即时"是"时间的即时",更是"生命的即时";"形而上"是"时间的形而上",更是"生命的形而上"。诗人写诗就是以形而上的诗,观照形而上的时间与生命,并把形而上的时间与生命变成形而上的诗,以呈现时间与生命的意义。熊焱写道:"我曾从长辈们讲述的故事中听到死亡/从一行行文字的背后触摸到生命的终结/从疾病带给我的疼痛中感受到恐惧的迷茫和战栗/——那是多么漫长的孤独啊,我的写作从那里开始。"(《岁月颂,6》)显然,在即时的、形而上的"孤独"状态当中,诗人可以认知时间与生命中的一切孤独意义,并以这种意义推动诗歌写作的进行与诗的生成。

在诗作《饮酒》中,熊焱写道:"月明的夜晚,我会举杯遥敬李白——/"将进酒,杯莫停"/我在人群中的狂饮不是因为欢喜/而是我的孤单无法靠岸/我在独处时的小酌不是因为劳顿/而是我无法卸下这人间的悲欢。""举杯遥敬李白"是个人强烈的孤独感表达。有明月的夜晚,凝视月亮,在一个人的孤独状态中,孤独的诗人对月亮产生了"秦时明月汉时关"的遥远而孤独误认,过去的一切都变成此刻的真实与孤独。

诗人的孤独在这种真实里，被扩大了。"我在人群中的狂饮不是因为欢喜／而是我的孤单无法靠岸"，可以感知到：诗人月下一个人喝酒的孤独，与在"人群中的狂饮"的孤独是同一种孤独，它们都成为诗人此刻深刻的孤独情绪与思维。这种个人孤独即群体孤独的孤独感，经由文本中酒的醉意、月夜、人群的知觉、视觉放大与汇聚，就形成孤独的诗感，推动诗歌写作的进行与诗的生成。

孤独是生发自时间与生命的感觉，诗人以孤独推动诗歌写作的进行与诗的生成，更以诗来印证时间与生命的孤独本质，从而完成个人对时间与生命的体认。"出生的时候我是带着啼哭来的／离开的时候我也必将带着啜泣走远／这人间的声响无时不在——／车辆的疾驰、机器的轰鸣／像波涛卷着我，在漩涡中浮沉／沸腾的人声、缤纷的鸟语／像浪花的水珠，滴穿时间的磐石／大地上那么多顶着烈日劳碌的农人／那么多饮下风霜赶路的贩夫／仿佛都是我啊，接受着年岁的磨损。"（《这一生我将历尽喧嚣》）

"大音希声""大象无形"，喧嚣对人来说，其实是一个最深度的孤独。车辆、机器、人声、农人、贩

夫构筑的"人间的声响"与生命之象，使诗人产生了关
于人生孤独的皈依与沉寂感觉。在此，喧嚣的时间与生
命，是一种孤独的时间与生命。呈现这种喧嚣的孤独，
就是呈现时间与生命孤独的诗感。

经常在孤独的状态下写诗，让熊焱愉悦写诗的孤
独很容易被触发，他想创造的孤独诗感，在孤独的状态
下也很容易创造出来。熊焱在《诗人是心灵孤独的苦行
僧》一诗中写道："一个优秀的诗人，必然是一个真正
孤独的人。"在孤独的状态下写诗，说明写诗是有条件的。
习惯孤独地写诗，他孤独的诗歌状态的触发，也是有条
件的。喝酒，处于夜晚的状态，或是什么也不做独自一
人时都可能触发孤独，这种触发因人而异。"黑暗和寂
静有着巧妙的对应。物体在黑夜中'温和地辐射出黑影'。
词语在喃喃作声……在恰当的时刻，诗歌将主导意义。"
在诗人熊焱身上，夜晚的孤独状态与"病痛"的想象是
触发其孤独诗感，创造其孤独诗感的直接原因。

夜晚的人最容易孤独，让人无法说清的黑夜，也
总是轻而易举地让人体验到孤独是什么。"黑夜笼罩着
我们，然而却没有界线、边缘和尽头，它抹杀并消解我
们作为存在的界限——它不是把我们的存在作为我们

的心灵所能保留的人的形象的延伸，而是作为人的形象的压缩。这种依靠人自身的思维去维护人的轮廓与形体的心灵孤独是不堪忍受的。"写诗的人，总会在一个人的夜里、在旅途的夜里，凝视黑夜、思考黑夜，从而进入黑夜给人带来的孤独的书写状态。熊焱写道：

"火车窗外闪过的山川、草木和房屋／仿佛我沉默的亲人／仿佛我人生中逝去的光阴／目送着我在这人间渐渐走远／今夜我一路无睡，我失眠的身体／也铺排着铁轨，奔跑着火车／它的汽笛轰鸣着一节节的孤独和疲惫／那些乡愁和爱恋、忧伤和甜蜜／就是那些来来往往的旅人／有的上车，有的离站／有的在月台上黯然地留下岁月的孤单。"（《夜晚的旅程》）

熊焱曾表示："一个智慧的诗人，又必定是一个有着强烈的时间感的诗人。"我们看到，在这首诗中，夜晚是一种最接近形而上的时间与生命的人生状态。漫无边际的夜晚让人处于一个比平时更为集中的氛围之中，在这种氛围里，人时常会进入过往的真实与当下的孤独当中。"窗外闪过的山川、草木和房屋"在夜晚的作用下，穿透时间与生命，变成故乡，变成笼罩于人的过往的真实，让人"今夜我一路无睡"。过往的真实，当下的真实，两者在一个人夜晚的状态中被感知与想象，就成了人的孤独，是人无法排遣并且是与时间、生命息息相关的孤独。夜晚的状态触发了孤独的诗感，诗人熊焱以这种孤独的诗感去捕捉时间与生命的孤独，从而呈现出夜晚中人的孤独、时间与生命的孤独特性。

对人影响最深的经历，是无法向他人说清的。这些不能说清的影响，构成了人最深刻的"孤独"。身体的苦难与病痛是影响诗人熊焱最深的经历，他的孤独常常来自他本人苦难与病痛经历的回想。

"那些贫穷的土豆，穿过我童年时饥饿的喉咙／沉淀着我贫血的脸色和双眸／那一年父亲从青黄不接的门槛边走过来／手里端着清汤寡水的稀粥／病重的母亲艰难地直起身子／嚼下的中药，像生活一样又涩又苦……／／而这些年我吃下了山珍海味、飞禽走兽——／这哪里是充饥呀，分明是人类无耻的饕餮、血腥的杀戮／是堵塞在我肠胃里的一万吨罪愆与孤独。"（《中年的入口》）

饥饿的童年、身体的病痛、病重的母亲，这些经历，成为诗人熊焱中年之后孤独的时间与生命意识。这种意识，经常显现于他当下的生活当中。"这些年我吃下了山珍海味、飞禽走兽"，"是人类无耻的饕餮、血腥的杀戮／是堵塞在我肠胃里的一万吨罪愆与孤独"。诗人当下与过往有反差的日常生活，常常触发诗人的孤独。呈现诗人过往与当下的这种反差，就构建了诗人的一种孤独诗感。

诗是孤独的解释。诗人以诗对孤独的解释，得出的意义超出孤独本身。在此我们可以想象，深处孤独的诗人，总是在孤独之外的地方，用孤独和孤独的诗感，呈现他所理解的时间与生命。"诗人借助诗歌空间发现了一个并不把我们封闭在某种感受中的空间，从而达到更深入的地方。无论给空间染上色彩的是哪一种感受，无论这种感受是悲伤还是沉重，一旦它被表达出来，以诗歌的方式表达出来，悲伤就会缓解，沉重就会减轻。"对诗人熊焱来说，写诗就是孤独涌向自身，或是让自身身处孤独，然后用孤独写诗，创造一切，给时间与生命带来某种可能的缓解与洞见。

三、"离散"生象

熊焱是贵州人，但常年在四川工作，即是在故乡（贵州）之外的地方生活。这种远离故乡与家园的人生经历与状态，在他的时间与生命中产生了严重的"离散"意识。现代文论中，"离散"与"飞散"同义，"飞散之所以为飞散，一定包含两个和多个地点，一定将此时此地彼时彼地联系起来。"显然，诗人熊焱现今生活于两个地方，由于工作原因，平时更是来回于多个地方。对他来说，一个"地方"就是一个有异于故乡与家园的"地方"，处于不同的"地方"，就是处于不同的故乡与家园当中，生产把"此时此地彼时彼地联系起来"经常性体验是自然而然的。显然，诗人熊焱的"病痛"书写与孤独诗感最终指向的是时间与生命的"离散生象"。在不同的"地方"表现暗藏于时间与生命中的"离散"认知，即在外漂泊的实况与故乡及家园的关系，是诗人熊焱思考时间与生命意义的重要内容。

"当我从村头的小路走向八千里的路云和月／相同的五谷，却有着不一样的酸甜辣苦／这长途上的风霜、人世的屈辱／这被打落的牙齿、飘浮的尘土／我都强忍着，吞进了肚中／那刚与柔的济，那水与火的熬啊。"（《中年的入口》）"离散"的意识产生于人走出故乡的第一步之后。诗人走向了与故乡相距"八千里"的地方，离散的意识体现在"相同的五谷，却有着不一样的酸甜辣苦"的人生体验上。而诗人每次在"八千里"的地方或是人生不同地方受到的此时此地"屈辱"，都会与彼时彼地的故乡情感联系起来，变成"刚与柔的济""水与火的熬"的时间与生命认知。著名诗人梁平更是直接指出："熊焱很多诗歌都指向了自己出生的乡村。他在诗中为乡下的父亲、母亲画像，言说与父亲、母亲之间的大爱，揭示乡下人的命运。"

走出故乡，或是离开家园，不时出现于人的时间与生命中的离散的感觉、离散的意识，为人设置了一种"命运"。生活于这种"离散"设置的命运当中，人与故乡、家园无关的生活的方式、生活状态，在人无形时间与生命中都与故乡与家园有关。"这些年里，我以月光为药／医治我在清明的哀思和中秋的乡愁／我以烧酒为友／温暖我在夜晚的忧伤和他乡的孤独／我还以苍天为被厚土为枕／容纳我这人生中匆促的奔波、疲惫和劳苦。"（《旅途》）

明确的时间节点，如"清明""中秋"，或是一般的夜晚状态，不仅显现着诗人的漂泊心絮，更揭示着诗人内心中的"离散"。离乡在外，诗人漂泊可以说是突然的状态，也可以说是一直"被动处于"的一种状态。

这种"离散"状态，成为诗人思考时间与生命，思考日常"奔波、疲惫和劳苦"无形的意义时常出现，为时间、生命、生活增添一些故乡与家园的诗意与念想。

"在泪水中，异乡长长的漂泊是一条风霜的路／磕破额头的鲜血、跌倒膝盖的淤青／都有一个煽情的名字，叫命运／而我在夏至后迎娶了妻子，在霜降后迎来了女儿／稀疏的细雪漂白了我的双鬓／／多年后，我才明白泪水是结晶的梦境／我在沉睡中一次次地梦见自己与命运达成了和解／又在醒来后系紧鞋子冲在生活的最前面。"（《岁月颂，5》）

故乡与家园是时间与生命的构成，这种构成就是人的时间与生命本身，时常显义于人，作用于人。人离开故乡与家园，故乡与家园这种时间与生命的构成，变成"离散"的时间与生命意识，随着人的"离开"隐匿而待激发。"作为一个大山里成长的诗人，熊焱的诗歌善于写家乡、故土、亲人。他的诗歌写作的方向，就是抵达乡土，抵达亲人，抵达自身。"我们看到，熊焱"长长"地漂泊异乡，"在夏至后迎娶了妻子，在霜降后迎来了女儿"，这些重要的即时生命状态，诗人想与故乡的亲人见证，想获取故乡的祝福，这激活了他的"离散"

意识。对熊焱面向亲人、故乡的诗歌写作，著名诗人韩作荣指出："对亲人的怀念，对故土的痴情，对自身的审视都表达得痛切、真实，是（熊焱）有根基的较为动人的作品。"显然，我们也在熊焱的诗歌当中发现，他以往的故乡与家园变成他每个重要时刻一种无形的意义与关联出来，因而在具体的诗歌创作过程中，他对故乡的眷念也显现于这种意义与关联之中。

深深影响于人"离散"意识，有时指人漂泊于某个具体的地方，有时指人想象的空间。"我知道，我的一生都会在词语中煎熬／马蹄跑碎黄昏的鼓点，是我笔尖下的心跳／曾经，我渴望我的写作能让时间变成永恒／让我的生命从文字中获得永生／而现在，我只希望它不要毁坏了我作为一个诗人的声名。"（《岁月颂，6》）诗是人独立栖居的想象空间，相对于人实际漂泊的某个具体地方，诗创造的漂泊与离散更多孤独与本质，更加让人痛苦与煎熬。"我知道，我的一生都会在词语中煎熬"，在诗的想象空间里，人会再次或多次经历时间与生命中的"黄昏"、漂泊及离散。这是诗与现实二者共同让人难以忍受的"经历"。

时间流逝、生命向前，人深处于时间与生命"离散"的状态。然而对人来说，"离散"的时间与生命状态不是作为一种无意义的无望与绝望伴随着人。相反，它作为人、作为时间与生命有意义的"生象体"，作为时间与生命有意义的诠释留存于主体的人，为人守住生活的底线。"与无法完全理解的日常现实相对立的这些状态的更高真实性、完美性，以及对在睡梦中起治疗作用和救援作用的自然天性的深入意识，……正是靠着这一点，人生才成为可能，并值得一过。"时间与生命"离散"的状态，并不是人无望与绝望的状态，它们是人从时间与生命中感知到的"更高真实性、完美性"。指向人的内心，指向时间与生命的诗，一直为主体的人展示着时间与生命"离散"状态的"更高真实性、完美性"表达。

"悲伤时，是酒／扶住了我／奔跑时，是风／扶住了我／／我有浩大的寂寞，疼会扶住我／我有绝望的落魄，爱会扶住我……／／这人间到处是坍塌的道路／一个个的背影走得歪歪斜斜／纷纷从良心的天平上跌落／我庆幸我还有文字，为我扶住了灵魂的秤砣。"（《是他们扶住了我》）时间与生命的心像，是人可以感知与进行解释的心像，"离散"状态就是心像可感知与可解释的体现。在诗中，"离散"状态一方面显现为时间与生命的"悲伤时、奔跑时、寂寞时、落魄时"，另一方面显现为象征着诗的"文字"，表达着"离散"状态"更高真实性、完美性"，给人带来存在的意义。我们可以感知到，在诗人熊焱心中，诗是"离散"状态的呈现，在生命最难的时刻，在人最绝望的时刻显现。他关于时间与生命的"离散"状态的诗歌书写，不仅解释了他对时间与生命的理解，更作为一种"更高真实性、完美性"的姿态与意义，让他更好、更诗性的去感受时间与生命。

"离散"意识不仅是人对故乡与家园的种种情感想象，更是人对时间与生命的思考与认知。"离散生象"既是关于人原有故乡与家园相统一的"心像"，也是关于时间与生命相统一的"心像"。诗人熊焱对个人化的"离散生象"进行思考与表达，就是对个人时间与生命进行思考与表达。对诗人熊焱来说，他要呈现的"离散生象"意义不能与时间和生命同时在场。在场的时间与生命，它们是时间与生命本身，是一种自然的状态，并没有意义。例如人今天生病就是今天生病，今天生病的意义并不体现在今天生病上，只发生在今天生病之后，以感知与解释呈现。

结语

　　时间与生命是病痛与离散的时间与生命。在时间与生命中，因为病痛与离散，诗人熊焱形成了对时间与生命苦痛与孤独的体验与思维。表现这种个人的苦痛与孤独，成为熊焱渴望而乐于为之的事。诗是表现诗人的体验与思维的，身为诗人的熊焱，综合个人的"病痛"书写与孤独诗感对时间与生命的"离散生象"进行了诗性、哲理地道说，完成了个人对时间与生命的解释与意义探寻。